KB011043

김동식 소설집으로 토론하기

김동식 소설집으로 토론하기

숭례문학당 엮음

요다

일러두기

이 책은 전체 논제와 작품별 논제로 구성되었습니다. 보통 독서토론은 90분~120분 이내로 진행하며 논제는 6~7개 정도가 적당합니다. 토론 초반에는 전체 논제(책 읽은 소감과 인상 깊었던 단편)를, 후반에는 작품별 논제를 배치하면 좀 더 안정적으로 토론할 수 있습니다. 자세한 토론 방법은 책 후반부에 있는 「논제를 활용한 비경쟁 독서토론」 장을 참고하시길 바랍니다.

차례

『회색 인간』

『양심 고백』

『정말 미안하지만, 나는 아무렇지도 않았다』

논제를 활용한 비경쟁 독서토론

회색 인간

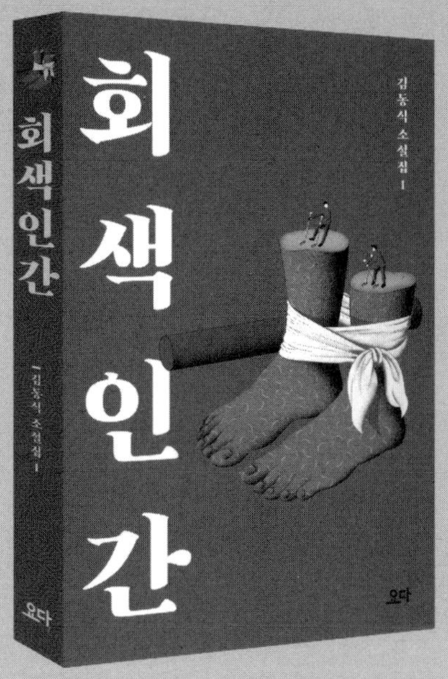

• 『회색 인간』은 인터넷 커뮤니티 〈오늘의 유머〉 공포게시판에서 네티즌들의 많은 호응을 얻은 이야기를 묶은 소설집입니다. 글쓰기를 전혀 배우지 않은 작가 김동식이 독자들과 댓글로 소통하며 쓴 책으로 화제를 모았습니다. 여러분은 이 책을 이떻게 읽으셨나요? 별점과 소감을 나눠봅시다.

별점(1~5점) : ☆☆☆☆☆

읽은 소감 :

• 『회색 인간』은 표제작 「회색 인간」 외 23편의 단편을 싣고 있습니다. 인상 깊게 읽은 단편이 있다면 소개해봅시다.

1. 회색 인간
2. 무인도의 부자 노인
3. 낮인간, 밤인간
4. 아웃팅
5. 신의 소원
6. 손가락이 여섯 개인 신인류
7. 디지털 고려장
8. 소녀와 소년, 누구를 선택해야 하는가?
9. 운석의 주인
10. 보물은 쓸 줄 아는 사람에게 주어져야 한다
11. 돈독 오른 예언가
12. 인간 재활용
13. 식인 빌딩
14. 사망 공동체
15. 어디까지 인간으로 볼 것인가
16. 흐르는 물이 되어
17. 영원히 늙지 않는 인간들
18. 공 박사의 좀비 바이러스
19. 협곡에서의 식인
20. 어린 왕자의 별
21. 444번 채널의 동굴인들
22. 지옥으로 간 사이비 교주
23. 스크류지의 뱀파이어 가게
24. 피노키오의 꿈

• 『회색 인간』의 작가는 인간이 '인간성'을 포기했을 때 어떤 모습이 되는지 적나라하게 그립니다. 공공의 이익을 위해 살인도 서슴지 않다가 바퀴벌레와 동등한 존재가 돼버린 인류(「신의 소원」), 굶주림을 해결하기 위해 사람을 잡아먹었다가 전원이 에이즈에 걸리는 가족 이야기(「협곡에서의 식인」)처럼 '인간성'에 대한 작가의 시선이 곳곳에 드러납니다. 단편 「소녀와 소년, 누구를 선택해야 하는가?」에서는 인간성을 지켜내면서 벽 너머 세계를 향하는 공동체를 그립니다. 여러분은 이러한 작품들에 담긴 작가의 메시지를 어떻게 보셨나요?

사람들은 엄격했다. 김 군이 지은 깃털만 한 죄들도 사람들의 평가하에 그 무게가 달라졌다.

김 군이 진짜 어떤 사람인지는 사람들에게 중요하지 않았다. 작은 흠집만으로도 김 군은 인류 멸망의 씨앗 취급을 받을 수밖에 없었다.

누군가는 또다시 말했다.

"저런 인성을 가진 자가 혹시라도 인류에게 해가 되는 소원을 빌면 어쩐단 말입니까? 인류의 안전을 위해 김 군을 죽입시다!"

휩쓸린 사람들은 동의했다. (81쪽)

• 『회색 인간』을 기획한 김민섭 평론가는 「당신에게 소설은 무엇인가」 라는 칼럼에서 "소설을 알고 있다는 오만은 버려야 한다"고 말합니다. 이어 "그것이 언제나 변할 수 있다는 감각을 가지고 그 시대적 징후를 찾아야 한다"고 덧붙이는데요. 그는 "소설은 '재미'있어야 한다. 재미있어서 손에서 놓을 수 없게, 눈을 뗄 수 없게, 잘 보이는 곳에 놓고 다시 읽고 싶게, 만들어야 한다"고 주장합니다. 한편 박상준 교수는 「재미있는 이야기는 재미 없다」는 칼럼에서 "이야기의 재미 플롯상의 기묘함만 있을 뿐 무언가를 알게 하지도 않고 탐구하거나 묻지도 않"는다며, 이야기의 짜임이 주는 재미만 있는 소설에 우려를 표했는데요. 여러분은 김민섭 평론가와 박상준 교수의 견해 중 어느 쪽에 더 공감하시나요?

소설뿐 아니라 우리에게 익숙한 그 무엇도 시대에 따라 그 개념이 해체되고 변한다. 고은이나 이윤택 같은 '괴물'들이 무너지며 새로운 작가와 작법들이 그 자리를 채우기도 하고, 무엇보다도 그 시대의 독자들이 거부할 수 없는 새로운 요구를 해 온다. (중략)

소설을 알고 있다고 하는 시대적 오만은 버려야 한다. 그것이 언제나 변할 수 있다는 감각을 가지고 그 시대적 징후를 찾아야 한다. 그러나 어느 시대에든 소설에 요구되는, 변하지 않는 본령이 있다. 김동식 작가가 말했듯 소설은 '재미'있어야 한다. 재미있어서 손에서 놓을 수 없게, 눈을 뗄 수 없게, 잘 보이는 곳에 놓고 다시 읽고 싶게, 만들어야 한다.

_김민섭, 「당신에게 소설이란 무엇인가」, 〈경향신문〉 2018년 2월 22일자

이러한 책들이 한층 재미있게 감명 깊게 읽힌 것은, 읽다가 그만둔 두 부류의 책들이 비교 대상으로 놓인 까닭이다. 첫째는 몇몇 장르문학 소설이었고 둘째는 저명한 원로작가의 최근 소설이었다. 근래 나온 국내외의 SF와 추리소설들 중 몇 권을 읽다가 중간에 덮고 말았다. 사건의 설정과 전개는 재미있게 되어 있는데 바로 그뿐이어서, '그래서 뭐 어쨌다고?' 하는 생각을 지울 수 없었기 때문이다. 이야기의 재미 플롯상의 기묘함만 있을 뿐 무언가를 알게 하지도 않고 탐구하거나 묻지도 않기에 싱거워졌던 것이다. 독자로서의 내 개인적 취향과 관련된 것이겠지만 '이야기의 짜임이 주는 재미'만 있는 소설은 재미없다는 게 내 생각이다. 진짜 재미있는 이야기는 무언가를 알게, 깨닫게, 생각하게 해 주는 것이라고 나는 믿는다.

_박상준, 「재미있는 이야기는 재미없다」, 〈영남일보〉 2017년 10월 14일자

① 김민섭 평론가의 견해

② 박상준 교수의 견해

작품별 논제

【회색 인간】

• 어느 날 한 대도시에서 만 명의 사람들이 땅속 세상으로 사라집니다. 지저 세계 인간들은 그들의 세계가 꽉 차버렸다며 "우리가 살아갈 땅을 너희 손으로 파줘야겠다"(8쪽)고 말합니다. 처음에는 반발하던 사람들은 점차 "강제 노동을 받아들였고, 인간 같지 않은 삶"(9쪽)을 받아들이게 됩니다. 잠잘 곳, 먹을 것조차 형편없는 상황 속에서 "사람들은 모두 마치, 회색이 된 듯했다"(10쪽)고 하는데요. 여러분은 소설 속 사람들이 점차 '회색 인간'으로 변하는 모습을 어떻게 보셨나요?

> 사람들은 모두 마치, 회색이 된 듯했다.
>
> 그것이 흩날리는 돌가루 때문인지, 암울한 현실 때문인지는 몰라도, 사람들은 무표정한 회색 얼굴로 하루하루를 억지로 살아가고 있었다. (10쪽)

> 회색 인간들의 입은 말을 할 줄 모르는 것 같았고, 귀는 듣지 못하는 듯했고, 눈은 그저 죽어 있는 것만 같았다. 인간들을 살아 있는 송장이라고 표현하기에도 아쉬웠다. 이곳을 무의미의 지옥이라고 부르기에도 아쉬웠다. (13쪽)

• 지저 세계로 납치된 만 명의 사람들은 몇 년 후 그 수가 절반 아래로 줄어듭니다. 그즈음 땅을 많이 판 사람이 우선해서 빵을 먹는다는 "암묵적인 룰"이 정해집니다. 도시 하나만큼의 땅을 파면 집으로 돌아갈 수 있다는 희망 때문이었는데요. 소설은 이를 두고 "빌어먹을 놈의 희망", "지독한 희망", "악마 같은 희망"(12쪽)이라고 표현합니다. 여러분은 이 부분을 어떻게 읽으셨나요?

땅을 많이 판 사람이 우선적으로 빵을 먹는다.

그것은 바로 희망 때문이었다. 빌어먹을 놈의 희망.
지독한 희망이었다. 도시 하나만큼의 땅을 파면 집으로 돌아갈 수 있다는 그 희망.

그만큼의 땅을 파낼 수 있을까? 상관없었다.
지저 인간들이 약속을 지킬까? 상관없었다.

아무것도 없는 땅속에서 그들이 버틸 수 있는 건 그 악마 같은 희망 하나 때문이었다.
그래서 그들은 땅을 팠다. 사람이 죽어나가도 땅을 팠다. 몸이 후들거려도 죽기 직전까지 땅을 팠다.
나중에 와서는 그 희망이란 것도 너무나 희미하여 망각하게 되었다. 그래도 사람들은 땅을 팠다. 이곳에서 할 수 있는 게 그것뿐이라는 듯이. (12쪽)

• 지저 세계로 납치된 사람들은 땅을 파면서 "인간이란 존재가 밑바닥까지 추락했을 때, 인간들에게 있어 예술은 하등 쓸모없는 것"(15쪽)이라고 생각합니다. 노래를 부르는 여자에게 돌멩이를 던지고 그림을 그리는 남자에게 쓸데없는 짓거리를 한다며 폭력을 가하는데요. 하지만 "상처와 배고픔으로 죽어가면서도 한 번씩 노래를 부르는"(16쪽) 여자에게 누군가 빵을 가져다주기 시작하면서 사람들은 점차 변해갑니다. 소설을 쓰는 청년에게는 "꼭 살아남아서 우리의 이야기를 세상에 남겨"(19쪽)달라고 합니다. 여러분은 이들의 행동을 어떻게 보셨나요?

그날 이후, 사람들은 조금씩 변해갔다.

이젠 누군가 노래를 불러도 돌을 던지지 않았다. 흥얼거리는 이들마저 있었다.

벽에 그림을 그려도 화를 내지 않았다. 몇몇 사람들은 이곳에서 있었던 모든 일들을 눈 감고도 그려낼 수 있도록 벽에다 연습하고 또 연습했다.

몇몇 사람들은 끊임없이 머릿속으로 이곳의 이야기를 써내었다. 또 하루 종일 사람들을 외웠다. 자기 전에도 외우고 꿈속에서도 외웠다. 또한 그들은 사명감을 가졌다. 꼭 살아남아서, 우리들 중 누군가는 꼭 살아남아서 이곳의 이야기를 세상에 전해야 한다는 사명감을 가졌다. (21쪽)

• 〈동아일보〉는 『회색 인간』에 대해 "노동으로 질식당하는 디스토피아 세계를 그려낸 단편들엔 실제 체험한 노동의 감각이 잘 묻어난다"고 평가했습니다. 표제작 「회색 인간」은 기본적인 인권조차 지켜지지 않는 곳에서 노동하는 사람들의 모습을 그리는데요. 그 와중에도 누군가는 노래를 하고 그림을 그리며 이야기를 써냅니다. 여전히 사람들은 죽어나가고 배가 고프지만, '예술'을 알게 되면서 그들은 "더 이상 회색이 아니"(21쪽)게 됩니다. 여러분은 「회색 인간」의 이런 결말을 희망적으로 보셨나요?

이젠 누군가 노래를 불러도 돌을 던지지 않았다. 흥얼거리는 이들마저 있었다.

벽에 그림을 그려도 화를 내지 않았다. 몇몇 사람들은 이곳에서 있었던 모든 일들을 눈 감고도 그려낼 수 있도록 벽에다 연습하고 또 연습했다.

몇몇 사람들은 끊임없이 머릿속으로 이곳의 이야기를 써내었다. 또 하루 종일 사람들을 외웠다. (중략)

여전히 사람들은 죽어 나갔고, 여전히 사람들은 배가 고팠다. 하지만 사람들은 더 이상 회색이 아니었다.

아무리 돌가루가 날리고 묻어도, 사람들은 회색이 아니었다. (21쪽)

① 희망적으로 봤다.

② 희망적으로 보지 않았다.

【무인도의 부자 노인】

• 배가 침몰하고 운이 좋아 살아남은 10여 명의 사람들은 한 무인도의 해변에서 깨어납니다. 사람들은 구조대가 올 때까지 버티기 위해 대책을 논의합니다. 하지만 일주일이 넘도록 구조대는 오지 않고 부상이 심했던 사람이 사망하는 지경에 이릅니다. "섬의 숲에 먹을 만한 열매라고는 야자열매 몇 개가 전부였고, 그들이 가진 햄 통조림도 거의 떨어져"(23쪽)가자 햄 통조림 주인은 "오늘내일하시는 노인분께는 더 이상 햄 통조림을 지급하지 않는 것이 우리 모두를 위한 합리적인 일"(24쪽)이라고 말하는데요. 여러분은 그의 말을 어떻게 보셨나요?

> "지금의 상황이 딱 전쟁 상황과 같습니다. 우리는 위기에 처해 있습니다. 앞으로 이 섬에서 얼마나 더 지내야 하는지도 모릅니다. 어쩌면, 겨울을 나야 할지도 모르죠. 다리까지 다치셔서 오늘내일하시는 노인분은 앞으로 저희 생활에 짐이 되면 되었지 도움이 될 순 없다고 생각합니다. 저를 쓰레기라 욕해도 좋습니다. 저의 계산으로는… 노인분을 끝까지 안고 가는 것이 합리적으로 우리에게 도움이 되지 않는다고 생각합니다." (24쪽)

• 조난된 지 몇 개월 만에 드디어 구조대가 도착합니다. 모두가 기뻐할 때, 소주 회사 회장이라고 말했던 노인만 표정이 어두워집니다. 그는 "그날 그 자리에서 살고 싶어서 거짓말을 한 거"(31쪽)라고 고백합니다. 사람들은 이후 방송에 출연해서 "노인을 살려주고 나니, 그제야 저희는 사회 속에 사는 인간이 되어 있더군요."(32쪽)라고 말합니다. 여러분은 이들이 말하는 '사회 속에 사는 인간'을 어떻게 해석하셨나요?

"용서하게들. 사실 난 기업의 회장이 아니야. 그런 재산 따위는 가지고 있지 않네. 그날 그 자리에서 살고 싶어서 거짓말을 한 거야… 미안하네."

사람들은 노인을 돌아보았다. 그들 모두 노인에게서 수천만 원씩 받을 돈이 있었다.

이윽고 그들은, 노인을 향해 고개를 끄덕거렸다. 그게 다였다. 그냥 알았다는 듯 고개를 끄덕거렸다. (중략)

"통조림 몇 개 때문에 한 노인을 죽이려고 했을 때, 저희는 짐승들이 되어 있었습니다. 한 노인을 살려주고 나니, 그제야 저희는 사회 속에 사는 인간이 되어 있더군요. 그래서 저희는 살았습니다." (31~32쪽)

【낮인간, 밤인간】

• 인류는 '신의 비밀'이라 불리는 성스러운 항아리를 발견합니다. 절대 열지 말 것을 당부한 기록을 무시하고 항아리를 개봉했다가 끔찍한 신의 저주를 받게 되는데요. 특정 시간을 기준으로 인류의 절반은 낮에만, 나머지 절반은 밤에만 좀비로 변하게 됩니다. 원래 하나였던 인류가 두 종족으로 나눠지자 오해와 갈등이 쌓이고 그 결과 "낮인간, 밤인간 간의 좀비 살해 행위"(36쪽)로까지 확산되고 맙니다. "싸움의 가장 큰 원인은 소통의 부재"(36쪽)였습니다. 여러분은 낮인간, 밤인간의 싸움을 어떻게 보셨나요?

> 가장 큰 원인은 소통의 부재였다.
>
> 일어난 문제에 대해 대화를 하고 싶어도, 상대는 좀비였던 것이다.
>
> 풀지 못한 실타래들은 눈덩이처럼 불어나, 인류는 어느새 서로를 적으로 인식하게 되었다. 그리고 그것은 곧, 낮인간, 밤인간 간의 좀비 살해 행위로 이어졌다. (중략)
>
> 서로를 죽이는 데 그다지 죄책감은 없었다. 여성, 노약자, 어린아이라 할지라도 그들의 겉모습은 끔찍한 좀비였고, 그런 괴물을 없애는 것엔 거부감이 없었기 때문이다.
>
> 물론 평화를 외치는 사람들도 있었지만, 서로의 언론들이, 복수엔 복수라고 말하는 대중들이 그들의 의견을 조롱하고, 묵살했다. (36~37쪽)

• 신의 저주에는 유효기간이 있었습니다. 3년째 되는 날부터 누구도 좀비로 변하지 않고 인간의 모습으로 살게 됩니다. 그동안 폭력 앞에 숨죽이고 살던 선한 사람들은 "우리 모두 하나였던 그때로 다시 돌아갑시다!"(38쪽)라고 목소리를 높입니다. 하지만 "서로를 나눈 경계선은 사라지질 않았고, 서로를 향한 적대심도 사라지질 않았"(39쪽)는데요. 여러분은 저주가 풀린 후에도 여전히 낮인간, 밤인간으로 사는 이들의 모습을 어떻게 보셨나요?

"왜 우리가 이렇게 반목해야 하는가! 우리는 원래 하나였다! 이제 우리를 갈라놓았던 그 어떤 원인도 남아 있지 않은데, 왜!"

그러나 또다시 서로의 언론들이, 복수엔 복수라고 말하는 대중들이, 이미 자리 잡은 권력자들이, 그들의 말을 조롱하고 묵살했다.

인류는 저주가 풀려 괴물이 사라진 줄 알았지만, 괴물은 사라지지 않았다.

인류는 여전히 낮인간이고, 여전히 밤인간이었다. (39쪽)

[아웃팅]

• 최 기자는 사회 속으로 녹아든 인조인간을 찾아내서 밝히는 아웃팅 전문 기자입니다. 그는 자신의 아이를 구하다가 다친 인기 가수 스트레이트가 인조인간이었다는 사실을 알게 됩니다. 비밀을 지켜주기로 약속했지만 최 기자는 국민의 알 권리를 위해 특종 보도합니다. 그의 아내가 어떻게 그럴 수 있냐고 묻자 기자는 "그게 내 기자로서의 사명감이고 내가 지닌 기자 정신"(49쪽)이라고 대답합니다. 여러분은 최 기자의 말에 공감하시나요?

"그러고도 당신이 사람이야? 스트레이트 씨가 어쩌다 그렇게 된 건데! 우리 애를 구하려다 그렇게 된 건데! 당신이 어떻게 그분을 아웃팅시킬 수 있어?"

"어쩔 수 없었어. 난 기자야."

"뭐가 어쩔 수 없어! 뭐가 기자야!"

"난 기자야! 난 비밀을 가질 수 없어. 국민의 알 권리를 위해서. 어쩔 수 없었어. 욕해도 할 수 없어, 그게 내 기자로서의 사명감이고 내가 지닌 기자 정신이야."

"기자 정신? 웃기지 마! 당신은 그냥 당신의 명성을 쌓는 데만 관심 있는 사람이라고!" (48~49쪽)

① 공감한다.

② 공감하기 어렵다.

【신의 소원】

• 어느 날 전 인류의 머릿속에 신의 메시지가 울립니다. 신은 인간의 대표가 말하는 소원을 무엇이든 들어주겠다면서 빛의 기둥으로 대표자를 정해줍니다. 신이 선택한 인간의 대표는 연쇄살인마 잭이었습니다. 하지만 "잭의 말 한마디로 인류가 멸망할 수 있다"(77쪽)는 우려 때문에 인류는 잭을 죽입니다. 그 후 신은 장애인 마르크스, 평범한 사내 김 군, 세계적인 재벌 스크류지 순으로 대표를 지목하지만, 인류는 그들의 흠집을 빌미로 모두 죽이고 마는데요. 여러분은 인류의 이런 행동을 어떻게 보셨나요?

인류는 고민했다. 인류가 잭에게 무릎 꿇고 빌어야 한단 말인가? 잭이 과연 인류의 부탁을 들어줄까? 인류는 이 위험한 도박에 운명을 걸어야 하는가? 그리고 그때, 누군가가 다시 말했다.

"잭의 사형을 지금 집행합시다!"(77~78쪽)

그 걱정이 눈덩이처럼 커지는 것은 아주 간단한 일이었다. 고작 몇 개의 키워드만 있으면 되었다. 정신과 치료, 전생 살인, 알코올 중독.

실제 마르크스가 어떤 사람인지는 사람들에게 중요하지 않았다.

해가 채 지기 전, 누군가가 말했다.

"마르크스를 죽입시다!" (80쪽)

김 군이 진짜 어떤 사람인지는 사람들에게 중요하지 않았다. 작은 흠집만으로도 김 군은 인류 멸망의 씨앗 취급을 받을 수밖에 없었다.

누군가는 또다시 말했다.

"저런 인성을 가진 자가 혹시라도 인류에게 해가 되는 소원을 빌면 어쩐단 말입니까? 인류의 안전을 위해 김 군을 죽입시다!"(81쪽)

"스크류지의 말을 믿을 수 없다!"

"스크류지 같은 가진 자는 절대 남을 위하지 않는다!"

"스크류지를 죽이자!" (83쪽)

• 마지막 빛의 기둥을 받은 주인공은 8살 소녀였습니다. "소녀의 가족은 속세를 떠나 평생을 산속에서 밭을 일구며 자연과 함께 살고"(84쪽) 있었습니다. 사람들은 소녀에게서 그 어떤 흠도 찾아내지 못해 흡족해합니다. 소녀의 소원은 "세상 모두가 평등해졌으면"(84쪽) 좋겠다는 것이었습니다. 사람들은 소녀의 대답에 만족해하며 평등해질 세계를 기다렸습니다. 그러나 소녀가 신에게 다른 소원을 말하면서 "상상했던 그 어떤 소원들보다 더, 재앙이"(85쪽) 되었는데요. 여러분은 이 소설의 마지막 장면을 어떻게 보셨나요?

천진난만한 소녀는 밝은 미소로 소원을 빌었다. 그것은 인류가 잭에게 상상했던, 마르크스에게 상상했던, 김 군에게 상상했던, 스크류지에게 상상했던 그 어떤 소원들보다 더, 재앙이었다.

[살아 있는 모든 것들이 인간처럼 똑똑해졌으면 좋겠어요!]

사람들은 물었다. 어디서부터 잘못된 걸까?

바뀌벌레도 그 물음에 대답해줄 수 있는 세상이, 와버렸다. (85쪽)

【손가락이 여섯 개인 신인류】

• 통일 정부는 경제 발전 속도를 10퍼센트 이상 올리기 위해 앞으로 태어나는 아이의 손가락을 여섯 개가 되도록 하는 '인간 인공진화 법안'을 승인합니다. 그에 따라 모든 임산부는 강제적으로 인공진화 시술을 받게 됩니다. 그러나 정부의 비리가 폭로되면서 인공진화 프로젝트는 전면 취소됩니다. 프로젝트로 태어난 아이들만이 여섯 손가락을 가지게 되었는데요. 아이들의 부모는 나중에 차별받게 될 것을 걱정해 손가락을 다섯 개로 만드는 손가락 제거수술을 하려고 합니다. 여러분은 이런 부모의 행동을 어떻게 보셨나요?

신인류의 부모는 피눈물을 흘렸다. 전 세계에서 손가락 제거수술이 동시다발적으로 일어났지만, 쉽지 않았다. 여섯 손가락 그대로가 너무도 완벽하여, 하나를 제거할 경우엔 매우 부자연스러워졌다. 어린 아기는 고통에 울부짖었고, 수술이 끝나도 평생 불편한 손으로 살아야 했다.

의사들은 차라리 그대로 두는 것을 권했다. 그러나 부모들은 그럴 수 없었다.

"우리 아이가 자라서 받을 차별을 생각하면 밤마다 잠을 이룰 수가 없어요! 손가락이 여섯 개라고 얼마나 놀림받고, 차별을 받겠어요!" (91~92쪽)

【디지털 고려장】

• 지구의 인류가 포화 상태에 도달하자 "정부는 데이터상의 가상 지구로 이주하는 방법을 연구"합니다. 하지만 이주를 희망하는 사람이 없자 정부는 비노동 인구인 노인들의 이주를 대대적으로 홍보합니다. "노인 부양 문제는 사회적으로 커다란 골칫거리"(97쪽)이고, "자식들과 떨어져 요양원 등에서 혼자 지낼 노인들이라면, 차라리 가상현실에서 가족들과 함께 사는 게 더 낫다"(97쪽)고 주장하는데요. 여러분은 정부의 이러한 주장을 어떻게 보셨나요?

> 어차피 자식들과 떨어져 요양원 등에서 혼자 지낼 노인들이라면, 차라리 가상현실에서 가족들과 함께 사는 게 더 낫다는 것이 정부의 설명이었다.

> 노인이 현실에서의 육체를 버리고, 가상 세계로 이주하게 되면 생물학적 유지비가 사라지게 된다.
>
> 또한, 건강상의 문제로 몸이 불편하던 노인들도, 가상 세계에서는 건강한 신체를 가질 수 있게 된다.
>
> 게다가 온 가족의 뇌 스캔을 통하여 구현한 완벽한 가족 아바타가 함께하기에, 노인들에게는 실제 현실과의 차이가 전혀 없었다. 오히려 더 나았다. 함께 살지 못하던 가족들과 함께 살 수 있었으니까. (97~98쪽)

• 가상 세계로 이주한 노인의 가족들은 보통 1년에 한 번씩, 뇌 스캔을 통해 가상 세계 속 아바타를 업데이트합니다. 그래야 가상 지구에 있는 노인들에게 가족의 최근 모습을 보여줄 수 있기 때문입니다. 그러나 비용이 많이 들어 갱신을 늦추는 사람들이 늘어만 가는데요. 김남우의 딸 진주는 정부의 할인 기간에 뇌 스캔을 하자고 조르지만, 김남우는 계속해서 미룹니다. "술을 즐기는 자신을 아버지에게 보여주고 싶지 않아서"(116쪽)입니다. 여러분은 뇌 스캔을 하지 않는 김남우를 어떻게 보셨나요?

김남우는 딸의 얼굴을 보았다. 고등학생으로 잘 자라서 똘똘해진 딸. 아버지에게도 보여주는 게 맞다고 생각했다.

하지만,

"내년에, 너 대학 입학하고 나면 하자."

"에이, 참!"

(중략)

자신도 왜 뇌 스캔을 거부하고 싶은지는 잘 몰랐다.

아마, 술을 증오하는 4년 전의 자신을 아버지 곁에 두고 싶어서가 아닐까? 지금처럼 술을 즐기는 자신을 아버지에게 보여주고 싶지 않아서 말이다. (116쪽)

【소녀와 소년, 누구를 선택해야 하는가?】

• 핵전쟁으로 폐허가 된 세상의 서쪽에는 최후의 지성들이 모여 만든 높은 벽이 있습니다. 그 벽 너머에는 약탈, 폭력, 굶주림이 없고 법과 병원, 논밭이 있습니다. 사람들은 새 삶을 꿈꾸며 그곳을 향해 걸어가는데요. 소년이 속한 공동체 리더는 "공평한 굶주림을 통해 균형"(122쪽)을 이끌어냅니다. 벽 너머 세계의 시민이 되려면 짐승이 아니라 인간이어야만 한다는 그의 주장은, 무리의 사람들이 인간성을 지키는 데 희망이 되었습니다. 여러분은 아무리 배가 고프고 힘들어도 "인간의 모습"으로 서쪽으로 걸어가는 사람들의 모습을 어떻게 보셨나요?

> "우리는 벽 너머 세계에 도착할 것이고, 그곳에서 시민이 될 것이다. 그 전까지 우리는 짐승이 되어선 안 된다. 인간이어야만 시민이 될 수 있다."

> 아무리 배가 고프고 힘들더라도, 그들은 인간의 모습으로 서쪽으로 걸었다.
>
> 들쥐 한 마리를 잡아도 모두가 나눠 먹는 공평한 굶주림으로, 불가피한 식인 상황에서도 모두가 나눠 먹는 공평한 욕됨으로. (123쪽)

• 벽 앞에서 만난 소년과 소녀는 문이 열리기만을 기다립니다. 상황이 그다지 넉넉하지 않은 탓에 두 명을 다 받아들일 수 없었던 벽 너머의 사람들은 누구를 선택할지 의논하는데요. 소녀가 초코바를 반으로 갈라 소년에게 나누어주는 모습을 모니터로 보고 그들은 소년을 들이기로 결정합니다. 소녀가 초코바 봉지를 바닥에 버렸기 때문입니다. 여러분은 이러한 그들의 결정에 공감하시나요?

일순간의 침묵이 흐른 뒤, 사람들은 고개를 끄덕였다.

"그렇네. 지킬 건 지켜야지. 그걸 놓쳤네, 내가."
"맞아. 쓰레기를 아무 데나 버리는 건 도덕적이지 못하지."
"그럼 그럼. 상황이 핑계가 될 순 없어."

인류 최고의 지성들이라는 벽 너머의 그들은, 대표의 결정에 수긍했다. 타당하다고 생각했다. 옳은 결정이었다고 판단했다.

지성인들은 고개를 끄덕였다. 참으로 훌륭한 결정이었다며, 그의 공명정대함에 고개를 주억거렸다. (134쪽)

① 공감한다.

② 공감하기 어렵다.

[운석의 주인]

• 1년 후 운석이 지구와 충돌해 지구 생물의 90퍼센트가 멸종될 위기에 처합니다. 사람들은 "1년 뒤에 세상이 망할지도 모르는데, 이렇게 살 필요가 있나?"(136쪽)라고 자문합니다. 그리고 일을 그만두고 "당장 행복해지는 것"(137쪽)을 중요시하게 되는데요. 여러분은 1년 뒤 지구가 멸망하게 된다면 지금 무엇을 하고 싶으신가요?

공부만 죽어라 시키던 부모들도, 당장 아이들과의 시간을 늘리는 데에 최선을 다했다. 학교를 아예 안 보내는 사람들도 많았다.

미래를 위해 현재를 희생하던 사람들도 사라졌다. 성공만을 좇으며 인간 같지 않은 삶을 살던 사람들도 사라졌다.

사람들에게 있어 지금 가장 중요한 건, 당장 행복해지는 것이었다. (136~137쪽)

• 운석이 김남우를 따라다닌다는 것이 밝혀지자 사람들은 멸망을 피할 수 있다는 희망을 가집니다. 김남우는 "자기 뜻과 상관없이 돌아가는 세상에 공포심"(143쪽)을 느끼는데요. 각계각층의 사람이 찾아와 김남우를 설득하기 시작합니다. "김남우 씨의 희생으로 전 인류의 목숨을 구할 수"(143쪽) 있다는 것입니다. 여러분은 김남우가 안전하게 우주 멀리 떠나주길 바라는 사람들을 어떻게 보셨나요?

> 이미 김남우의 희생은 기정사실화되어 있었다. 김남우가 거절한다고 해도, 강제로 로켓에 태워질 상황이었다.
>
> 왜 안 그렇겠는가? 김남우 하나로 전 인류를 구할 수 있는 상황인데.

> 김남우는 매일 밤 울었다. 왜 하필 자신인가? 억울하다고 소리지르고, 죽기 싫다고 화를 냈다. 그렇지만 운명을 거스를 수 없었다. (144쪽)

> 김남우의 심정은 말로 설명할 수가 없었다.

> 자신의 목숨으로 세계를 구할 수 있다면, 기꺼이 바쳐야 하는 게 맞을까? 누구라도 당연히 그리해야 하는 걸까? (145쪽)

【보물은 쓸 줄 아는 사람에게 주어져야 한다】

• 쇠구슬에 손을 대면 자신이 가장 좋아하는 날이 현실화됩니다. 비 오는 날을 가장 좋아하는 정 대리는 쇠구슬에 손을 대고는 "지구를 관리하는 비의 신"(151쪽)이 되었다고 즐거워합니다. 만약 여러분이 쇠구슬에 손을 올렸다면 지구에 어떤 변화가 생길지 상상해봅시다.

김 대리는 꿈에도 몰랐다.

정 대리가 비 오는 날을 가장 좋아했다는 것을 몰랐고,
자신이 맑은 날을 가장 좋아했다는 것을 몰랐고,
아내가 흐린 날을 가장 좋아했다는 것을 몰랐고,
아기가 지진이 있었던 날에, 그 흔들림이 좋아 방긋방긋 웃었던 것을 몰랐다.

그렇게 자신하던 보물의 사용법을, 그는 최후의 순간까지도 몰랐다. (159쪽)

【돈독 오른 예언가】

• 어떤 사고가 일어나면 몇 명이 죽는지, 그 정보가 머릿속으로 들어오는 사내가 있습니다. 그는 사고를 예견해서 사람들의 목숨을 구한 대가로 정부에 한 사람당 천만 원을 요구합니다. 정부는 그 능력을 구매하기로 하지만 "고작 말 몇 마디 하는 게 뭐가 힘들다고"(166쪽) 돈을 요구하느냐는 불만 여론이 커지자 정부는 사내와의 거래를 철회합니다. 그러자 사내는 미국측의 스카우트 제안을 수락했다며, 사람들에게 "자신이 가진 능력에 맞는 당연한 대가"(169쪽) 를 받으라고 당부하는데요. 여러분은 사내의 이런 말을 어떻게 보셨나요?

[여러분, 여러분은 공짜로 일하십니까? 자신의 능력을 무료로 제공합니까?]

"뭐라는 거야, 저거?"
"미친놈. 지금 어디다가 갖다 대는 거야?"

[만약 혹시라도 여러분 중에 그런 분들이 계신다면… 그러지 마시길 바랍니다. 정당한 대가를 당당하게 요구하십시오. 착취당하지 마십시오. 나는 그래도 된다고 수긍하지 마십시오. 자신이 가진 능력에 맞는 당연한 대가를 받길 바랍니다.] (169쪽)

• 사내는 목숨당 3천만 원을 줄 테니 이민을 와달라는 미국의 제의를 받아들입니다. 이 소식이 전해지자 정부는 다시 사람을 구할 때마다 천만 원씩 지급하겠다고 말합니다. 뒤늦게 그의 능력을 높이 평가하는 여론이 형성됐지만, 사내는 결국 비행기에 몸을 싣습니다. 그는 떠나면서 "10분 뒤 한국에서 아까운 인재가 사라집니다."(171쪽)라고 말하는데요. 여러분은 사내의 마지막 말을 어떻게 보셨나요?

너무 늦은 여론이었다.

사내는 이미 비행기에 몸을 실었다. 그리고 사내는 마지막으로 말했다.

[10분 뒤. 10분 뒤 한국에서 아까운 인재가 사라집니다. 10분 뒤 한국에서 아까운 인재가 사라집니다.]

한국 사람들에게 낯설지 않은 말이었다. (171쪽)

【인간 재활용】

• 두석규 회장은 "딸의 죽음을 인정하지 못해 시체를 보존"하려고 합니다. 여러 방법을 찾던 중 '재활용의 관'이라는 것을 알게 되는데요. "죽은 지 13일이 되지 않은 시체 세 구를 섞어 넣으면 그중 한 명을 부활시킬 수 있는 관"(173쪽)입니다. 그는 부하 직원들에게 "내 딸을 살릴 수만 있다면, 뭔들 못 해!"(174쪽)라며 시체를 구해오라고 지시합니다. 여러분은 이런 두석규 회장을 어떻게 보셨나요?

> "내 딸의 어느 부위를 넣어야 부활할 수 있소?"
> "무작위입니다. 누가 부활할지는 저도 알 수 없습니다."
> "뭐라? 이런!"
>
> 성공률이 3분의 1이라니? 두석규는 고민했다. 이런 미신을 믿어도 될까? 괜히 딸의 시체만 훼손하는 것은 아닐까?
>
> "내 딸을 살릴 수만 있다면, 뭔들 못 해!"
>
> 두석규는 미쳤다는 말을 듣더라도 해보기로 했다.
> 그렇다면 이제 시간이 급했다. 그는 당장 수족들을 모아 소리쳤다.
>
> "죽은 지 13일이 되지 않은 시체 두 구를 구해 와라! 돈은 얼마가 들어도 좋으니, 최대한 싱싱한 시체를! 이왕이면 젊은 시체로 말이다!" (174쪽)

[식인 빌딩]

• 유명 대기업의 새로운 본사 빌딩에 "커다랗고 새까만 입술"(187쪽)이 그려집니다. 어느 날 입술은 날카로운 이빨을 드러내며 사람들을 집어삼킵니다. 건물이 사람을 잡아먹으면 건물 안에 고립되어 있던 사람들이 포만감을 느끼게 되는데요. 건물 밖 사람들은 건물 안으로 음식을 수송할 여러 방법을 강구했지만 모두 현실성 없는 것들이었습니다. 사형수들을 빌딩의 먹이로 사용하자는 의견이 나오자 많은 사람들이 "선량한 사람들을 희생하는 것보다는, 악인들이 낫"(197쪽)다는 주장을 하는데요. 여러분은 이런 주장을 어떻게 보셨나요?

> "사형수를 씁시다! 어차피 사형당해서 죽나, 식인 빌딩에서 죽나 똑같이 죽는 건데!"
>
> "사형수의 인권? 그 새끼들이 저지른 끔찍한 범죄들을 모르나? 그런 새끼들에게 무슨 인권이 있다고!"
>
> "어차피 시간이 지나면 식인은 이루어질 수밖에 없다. 그럼 건물 안에 고립된 선량한 사람들을 희생하는 것보다는, 악인들이 낫지 않은가?"
>
> 많은 사람이 주장했다. 주변 국가에서도 방법을 모색해 외교적인 접촉을 해왔다. (197~198쪽)

• 사람들은 지하를 뚫어서 건물 안에 진입하는 방법을 찾아냅니다. 하지만 모든 건물에는 사용할 수 없다는 것을 알고 "고립된 사람 중 절반이 희망을 얻었고 절반이 절망"(198쪽)합니다. 건물 밖 사람들은 희망이 없는 쪽이 먼저 서로를 잡아먹을 거라 예상했지만, "불만의 목소리는 희망이 있는 사람들의 입에서 먼저(199쪽)" 터져나옵니다. 여러분은 이런 상황을 어떻게 보셨나요?

과연 끔찍한 디스토피아는 어느 그룹에서 먼저 펼쳐질까?

대부분은 희망이 없는 사람들이 먼저 서로를 잡아먹을 거라고 예상했다.
하지만 불만의 목소리는 희망이 있는 사람들의 입에서 먼저 터졌다.

"사형수를 허락해주십시오! 우리 다 굶어 죽게 생겼습니다!"
"식물인간의 장기 기증을 이쪽부터 넣어주는 법안을 우선 추진해달라!"
"혹 자살을 하시려는 분들은, 마지막으로 좋은 일 하고 가십시다."

희망은 인간을 악착같이 만들었다. 결국, 가장 먼저 제비뽑기를 결정한 것도 그들이었다. (199쪽)

【사망 공동체】

• 저승의 인구가 줄자 저승사자는 '사망 두 배 정책'을 실시합니다. 한 사람이 사망하면 영혼의 짝 한 명도 함께 죽는 정책입니다. 인류는 사고, 자살로 인한 죽음을 막기 위해 사회 안전망에 적극 투자합니다. 거기서 그치지 않고 노화를 멈추는 약까지 개발하는데요. 그러면서 "영생이란 건 어차피 언젠가는 올 거라 생각했던 일이었고, 그것이 좀 더 일찍 당겨졌을 뿐이라 생각"(213쪽)합니다. 여러분은 노화마저 정복하려 하는 인류를 어떻게 보셨나요?

> [여러분 덕분에 최근 사망한 분들은 저승에서도 영원히 노동을 할 수 있게 되었습니다. 그분들에게 안식이 없다는 건 좀 안된 일이긴 하지만… 어쩔 수 없지요. 앞으로 저승 인구가 너무 늘어날까 걱정이 된 저희는 이승의 사망 시스템을 원래대로 되돌려놓기로 했습니다. 축하드립니다. 이승의 여러분.]
>
> "…"
>
> 인류는 헷갈렸다. 이 기쁜 소식에 웃어야 할까, 울어야 할까?
>
> 죽어보지 않고서는 알 수 없겠지. (216쪽)

[어디까지 인간으로 볼 것인가]

• 우주에서 떨어진 거대한 살덩어리가 도시와 사람들을 삼켜버립니다. 한 시간이 지나자 "살덩어리의 연분홍빛 표면에, 삼켜진 사람들의 상반신이 돌기처럼"(217쪽) 돋아났는데요. 그들은 살덩어리와 완전히 하나가 되어 구출하기도 어렵습니다. 살덩어리 처리를 두고 온건파와 강경파의 토론이 이루어집니다. 살덩어리가 삼킨 사람들을 "생각하고 느끼고 말하는, 우리와 똑같은 인간"으로 보는 온건파와 "모든 욕구가 사라진 저들을 인간이라고 볼 수"(219쪽) 없다는 강경파가 팽팽하게 맞서는데요. 여러분은 이들의 논쟁을 어떻게 보셨나요?

그들을 인간으로 볼 것이냐, 인간으로 보지 않을 것이냐?

이미 그들은 죽은 인간이며, 살덩어리가 더 커지기 전에 공격해서 없애야 한다는 강경파와, 아직 그들은 살아 있는 인간이며, 그들을 구하기 위한 연구를 해야 한다는 온건파가 대립했다.

처음에는 당연하게도 온건파의 의견이 강세였다.

그들은 비록 상반신뿐이었지만, 생각하고 느끼고 말하는, 우리와 똑같은 인간이었기 때문이다.

하지만 강경파의 생각은 달랐다. 강경파의 인물들은 목소리를 높여 말했다.

"저들은 지금 아픔을 느끼지 않습니다! 뜨거움, 더위도 느끼지 않고, 추위도 느끼지 않습니다! 저들은 이미 저 괴물과 같아졌기 때문입니다! 괴물이 더 커지기 전에 공격을 감행해야 합니다!"
(218~219쪽)

【흐르는 물이 되어】

• 한번 들어갔다 나오면 "평생 느껴보질 못했던 상쾌함을 느끼게"(226쪽) 되는 정화수가 있습니다. 하지만 몇 가지 치명적인 주의사항이 있는데, 그중 하나가 "절대 여럿이 동시에 이용하지 말 것!"입니다. 만약 두 명이 함께 정화수 속으로 들어간다면 "좀 더 가치 있는 존재가 마지막으로 남게"(228쪽) 됩니다. 이런 이유로 정화수 개발에 반대하는 의견도 있었지만, 활용도가 너무 커서 많은 국가들이 국가 공식 사업으로 정하고 정화수 공장을 24시간 가동합니다. 여러분은 이런 국가의 행동을 어떻게 보셨나요?

> "옆 나라에서는 공장을 24시간 가동하기로 했다면서요? 그럼 우리 나라도 그렇게 하세요."
>
> "하지만 그랬다간 과부하가…"
>
> "다른 나라에 뒤처질 순 없습니다! 다른 나라는 전 국민 정화수 지원율이 100퍼센트일 때, 우리 나라만 뒤처져서야 되겠습니까? 24시간 가동하세요. 못 하겠다면 저희가 강제로라도 그렇게 하겠습니다."(232쪽)

【영원히 늙지 않는 인간들】

• 20년 전 외계인이 선물로 주고 간 '영원의 구' 덕분에 사람들은 늙지 않고 영원히 현재 나이로 살게 됩니다. 그뿐만 아니라 성장도 멈춰버리는데요. 어린아이의 몸으로 살아야 하는 이들은 민간단체 '인류진화위원회'를 구성하고 '영원의 구' 사용 중지를 위해 활동합니다. 정부가 1년에 한 번씩 '영원의 구' 사용 여부를 투표에 부쳤지만 20년째 늘 유지하는 쪽으로 결론이 났습니다. 하지만 위원회의 김남우와 공치열이 '영원의 구'를 폭파하러 잠입했다가 정부의 말이 다 거짓이었음을 알게 됩니다. 여러분은 이런 정부의 태도를 어떻게 보셨나요?

"정부의 말을 믿었어? 외계인을 극진히 대접해줘서 외계인이 선물로 영원의 구를 주고 갔다고? 병신! 정부를 몰라? 정부가 얼마나 병신 같은 것들인지 모르냐고! 외계인을 대접했지! 아주 극진히 대접했어! 기술을 캐내려 했고, 해부를 해보려 했고, 도망가지 못하게 가뒀지!"

"뭐?"

"화가 난 외계인이 인류에게 저주를 내렸어! 영원히 인류가 성장하지 못하게 말이야! 영원의 구 같은 건 없어! 다 정부의 잘못을 가리기 위해 꾸며진 것들일 뿐이야!"

"그, 그럼 왜 레버를 돌리겠다는 투표를!"

"다 조작이라고, 병신들아! 인류에게 미래는 없어! 그냥 이렇게 영원히 소모되다가, 멸종할 뿐이라고!"(261~262쪽)

• '영원의 구'로 평생 같은 나이로 살 수 있다면 여러분은 몇 살로 살고 싶으신가요?

그 영원의 구 덕분에 인간들은 영원히 늙지 않게 되었다. 30살은 영원히 30살이었고, 20살은 영원히 20살이었다.

하지만 문제가 있었다. 늙지 않는 것은 좋았지만, 성장 또한 멈춰버린 것이다.

10살은 영원히 10살이었고, 갓난아기는 영원히 갓난아기였다. 영원의 구는 누군가에겐 영원한 젊음을 의미했지만, 누군가에겐 영원한 정체를 의미했다. (237쪽)

【공박사의 좀비 바이러스】

• 공 박사가 만든 좀비 바이러스에 감염된 사람들은 인간의 모습은 유지한 채 "죽어도 죽지 않는 좀비의 재생력"(267쪽)을 갖게 됩니다. 사람들은 모두 좀비 바이러스에 감염되고 싶어 했고, 3년이 채 안 되어 전 인류가 붉은 눈의 좀비가 됩니다. 어느 날 공 박사는 S시에 다시 인간 바이러스를 퍼트립니다. 다시 인간이 되는 걸 두려워한 사람들은 S시를 봉쇄하면서까지 인간 바이러스를 막으려 하지만, 결국 인간으로 돌아갑니다. 사람들은 좀비의 능력을 잃어버린 것을 아쉬워하고 상실감을 느끼는데요. 여러분은 이런 사람들을 어떻게 보셨나요?

그러나 S시 밖의 사람들은 S시를 보며 심각하게 토론했다. 붉은 눈이 더욱 붉게 충혈되도록 떠들어댔다.

"S시를 어떻게 해야 한단 말입니까? 만약 저 인간 바이러스가 퍼지기라도 한다면!"

"단순히 봉쇄하는 것만으로는 한계가 있을 겁니다. 실수로 뚫리기라도 하는 날에는, 걷잡을 수 없는 사태가 벌어질 겁니다!"

"인류를 위해, 과감한 결단을 내려야 하는 것 아닙니까? 바이러스는 초기에 진압해야 합니다!"

S시 사람들은 진짜 좀비 취급을 받게 되었다. 모두가 붉은 눈인 세상에선, 하얀 눈의 소수가 바이러스 감염자였다. (272~273쪽)

[협곡에서의 식인]

• 등산중 협곡 아래로 추락한 김남우는 자신과 같은 처지에 있는 중년 사내 한 명과 세 모녀를 만나게 됩니다. 중년 사내는 일주일이 지나도 구조되지 않으면, 식인을 위해 제비뽑기를 하자고 제안합니다. 결국 제비뽑기를 통해 여성의 둘째 딸이 뽑히지만, 중년 사내가 김남우를 돌로 쳐 죽입니다. 알고 보니, 그들은 모두 가족이었던 건데요. 여러분은 김남우에게 제비뽑기 기회를 주고도 결국은 그를 죽인 가족의 행동을 어떻게 보셨나요?

【어린 왕자의 별】

• UFO에 납치된 사람들은 아무것도 없는 행성에 떨어집니다. 먹을 게 없던 사람들은 돌을 먹으면 갈증이 해소되고 포만감도 느낄 수 있다는 것을 우연히 알게 됩니다. 그러다 대소변을 흡수한 땅이 말랑해지는 것을 발견하고 집을 짓습니다. 그때까지 "모두가 모범 시민"(301쪽)이었던 사람들은 벽이 생기고, 집이 생기자 범죄와 폭력, 도둑질, 성추행을 저지르기 시작합니다. 여러분은 사람들의 이런 변화를 어떻게 보셨나요?

참 희한한 일이었다. 벽이 생기고, 집이 생기고, 보이지 않는 공간이 생기자, 범죄도 생겼다.

폭력, 도둑질, 성추행, 예쁘게 지은 남의 집을 몰래 먹어버리는 일까지.

왜일까? 사방이 모두 뻥 뚫려 있던 그때는, 아무것도 가진 게 없던 원시의 그때는, 모두가 모범 시민이었는데.

아무튼, 사람들은 참 재미있게 살았다. 아무것도 없는 심심한 별에서도 별별 일들을 만들며 참 재미있게 살았다. 자신들이 이곳에 왜 끌려와야 했는지를 까맣게 잊은 사람들처럼. (301쪽)

【444번 채널의 동굴인들】

• 거대한 동굴에 갇혀 있는 사람들의 모습이 444번 채널을 통해 생중계되기 시작합니다. 어디에서 송출하는지 알 수 없는 채널이지만, "동굴인들의 리얼한 모습은 정말로 사람들의 흥미"(305쪽)를 끌기에 충분했습니다. "동굴인은 전 세계적인 신드롬을 일으켰고, 24시간 내내 444번 채널을 고정해두는 이들도 점점 많아"(307쪽)집니다. 여러분은 사람들의 이런 행동을 어떻게 보셨나요?

> 동굴인들의 리얼한 모습은 정말로 사람들의 흥미를 끌었다. 그들에게 무슨 일이 생길 때마다, 444번 채널 얘기가 인터넷 실시간 검색어를 독차지했다.
>
> (중략)
>
> 사람들은 동굴인 50여 명에게 마음대로 이름을 붙였다. 심지어 외모나 행동력을 토대로 SNS 등에 팬까지 생기는 이들도 있었다.
>
> 동굴인은 전 세계적인 신드롬을 일으켰고, 아예 24시간 내내 444번에 채널을 고정해두는 이들도 점점 많아졌다. (307쪽)

【지옥으로 간 사이비 교주】

• 수십 년간 사이비 교주로 살던 남자가 죽어 지옥에 가게 됩니다. 지옥의 관리들은 굽실거리며 반갑게 그를 환영합니다. 남자는 악마로부터 환생교 교주 역할을 제안받습니다. 그는 "환생교의 신께서 고통의 끝을 내려"(322쪽)줄 것이라 종교 활동을 벌이고, 지옥에서 영원한 고통을 받는 사람들이 환생교에 가입하고자 몰려듭니다. 여러분은 소설에서 그려지는 종교를 어떻게 보셨나요?

> "저희 지옥에서 이번에 새로운 정책으로, 종교를 만들어보려고 합니다."
>
> "종교요?"
>
> "예, 두석규 님이 그 방면으로는 빠삭하시니, 저희에게 도움을 주셨으면 하는 것이지요. 교주 역할을 맡아주시면 어떠하실까… 어떻습니까?"
>
> (중략)
>
> "쉽게 말해서, 제가 살아생전에 만들었던 종교에서는 사후 세계를 이용했습니다. 우리 종교를 믿고 따르면 죽은 뒤에도 종교의 신전에서 아주 떵떵거리며 살게 된다고… 그런데 여기는 지옥이 잖습니까? 이미 죽은 사람들에게 어떻게 해야 할지… 막말로 천국에 갈 수 있다는 말조차도 못 써먹지 않습니까?"
>
> "아, 그거라면 걱정하지 않으셔도 됩니다. 환생이 있습니다." (319~320쪽)

【스크류지의 뱀파이어 가게】

• 오지 탐험가 마르크스는 열대우림에서 뱀파이어 잭을 만나고 피를 빨린 후 3년은 젊어진 듯한 자신의 모습을 봅니다. 마르크스는 잭을 데리고 인간 세상으로 내려와 놀라운 일화를 잡지에 게재합니다. 소문이 퍼지자 대재벌 스크류지가 잭을 사겠다고 찾아오는데요. 스크류지는 잭을 이용해서 사람들에게 1년에 10억을 받고 젊음을 팝니다. 사람들이 몰리자 스크류지는 더 많은 돈을 벌기 위해 잭의 몸에서 강제로 피를 뽑아 하루에 열 명씩 흡혈하도록 압력을 넣습니다. 하지만 물리적으로 불가능한 것을 알고는 대신 인간을 뱀파이어로 만들어 '스크류지 뱀파이어 가게' 체인점을 운영하는데요. 여러분은 스크류지의 이런 행동을 어떻게 보셨나요?

잭은 더 이상 흡혈을 하지 않아도 되었다. 그 대신, 하루에 한 명씩 스크류지가 제공하는 인간을 뱀파이어로 만들었다.

뱀파이어로 변한 인간은 모든 기억을 잃었고, 그런 뱀파이어를 가축처럼 다루는 것은 스크류지에게 너무나도 손쉬운 일이었다. (중략)

뱀파이어 제품들이 늘어날수록 전 세계에 스크류지의 체인점들도 늘어나기 시작했고, 10년이 넘었을 땐 전 세계 어디에서든 '스크류지의 뱀파이어 가게'를 찾아볼 수 있게 되었다.

초창기와 달리 흡혈의 가격 역시 낮아져, 사람들은 마치 성형수술을 하는 것처럼 흡혈을 받곤 하였다. (중략)

물론 그동안 딴지를 거는 사람들도 있었다. 하지만 그때마다 스크류지는 말했다.

"자꾸 내 제품들을 가지고 왈가왈부하지 마시오! 겉모습이 인간과 닮아 있을 뿐, 그것들은 모두 뱀파이어요! 우리 인간들과는 다르단 말이오! 당신들은 소, 돼지를 불쌍히 여기오?" (333쪽)

【피노키오의 꿈】

• 산속에서 홀로 사는 한 노인의 집에 "혼자서 움직이고 말하는 목각 인형"(336쪽)이 있다는 소문이 돕니다. 목각 인형을 직접 눈으로 확인한 인류는 신의 존재를 믿게 되고 '피노키오'라고 부르기 시작합니다. 피노키오가 "수많은 방송에 출연하고, 전 세계를 순방하며 어마어마한 팬덤을 형성"(340쪽)하자 국가는 인형에게 국적을 부여하고 국가 차원에서 관리하고 지원합니다. 이에 질세라 종교도 "신을 핑계로 피노키오를 총단의 관리하에 두기"(341쪽)를 원합니다. 피노키오에게 '신의 사자 자격' 수여식이 진행되던 날, 하늘 위에 진짜 신이 등장합니다. 피노키오의 소원을 들어주겠다는 신의 말에, 그는 "건강한 소나무가 되고 싶어요!"(344쪽)라고 대답합니다. 여러분은 피노키오의 소원을 어떻게 보셨나요?

전 세계의 사람들은 신의 말에 환호했다.

피노키오의 꿈이 무엇인지는 뻔한 것이었다.

눈치 빠른 카메라는 피노키오와 노인의 모습을 번갈아 비췄는데, 노인은 어느새 감격해 눈물을 흘리고 있었다.

전 세계의 사람들도 드디어 피노키오가 꿈을 이루는 날이 왔다며 감동했고, 노인처럼 벌써 눈물을 흘리는 이들도 있었다.

기뻐서 펄쩍펄쩍 뛰던 피노키오는, 세상에서 가장 행복한 얼굴로, 신을 향해 소원을 빌었다.

"저는, 건강한 소나무가 되고 싶어요!"(344쪽)

세상에서 가장 약한 요괴

• 『세상에서 가장 약한 요괴』의 작가 김동식은 인터넷 커뮤니티 〈오늘의 유머〉 공포게시판에서 '복날은 간다'라는 아이디로 활동했습니다. 작가는 10년 동안 주물공장에서 노동하면서 수없이 떠올렸던 이야기들을 적어도 3일에 한 편씩 게시판에 올렸다고 합니다. 그의 소설집 세 권 중 2권에 해당하는 이 책은 갑자기 펼쳐지는 기묘한 상황에 대응하는 인간들의 행태를 보여줍니다. 여러분은 이 책을 어떻게 읽으셨나요? 별점(1~5점)을 매기고 소감을 나눠봅시다.

별점(1~5점) : ☆☆☆☆☆

읽은 소감 :

• 『세상에서 가장 약한 요괴』는 「황금 인간」을 비롯해 총 21편의 단편을 싣고 있습니다. 가장 인상 깊게 읽은 단편을 소개해봅시다.

1. 황금 인간
2. 세상에서 가장 약한 요괴
3. 스마일맨
4. 개미 인간, 베짱이 인간
5. 문신
6. 눈멀 자들의 세계
7. 여섯 개의 화살
8. 낚싯대로 낚은 괴생물체
9. 푸르스마, 푸르스마나스
10. 이마에 손을 올리라는 외계인
11. 우주 시대의 환율
12. 재산이 많은 것을 숨길 수 없는 세상
13. 초짜 악마와의 거래
14. 부품을 구하는 요괴
15. 남극을 찾아가는 요괴
16. 육수를 우려내는 요괴
17. 가려운 곳을 긁어달라는 요괴
18. 항문이 없는 요괴
19. 세상에서 가장 예쁜 요괴
20. 세상에서 가장 쓸모없는 요괴
21. 할머니를 어디로 보내야 하는가

작품별 논제

【황금 인간】

• 황금의 몸을 가진 황금 악마가 인간 세상에 내려와 "너희 중에 돈 욕심이 과한 인간들을 몇 명 골라 내가 황금으로 만들어"(7쪽)주겠다고 선언합니다. 황금으로 변한 인간들은 대부분이 가난한 사람들이었고, 그들 대다수가 한 가정의 가장이었습니다. 돈을 벌어야 할 가장이 황금 인간이 되자 그들의 가정은 가난으로 무너지기 시작합니다. 이에 황금 인간은 가족들에게 자신의 몸 일부를 썰어서 내다 팔라고 합니다. 그런데 악마가 나타나 황금 인간들을 다시 인간으로 되돌려놓습니다. 곳곳에서 끔찍한 광경과 비극이 펼쳐지지만 가장이었던 그들은 "나는 괜찮다."(14쪽)라는 유언을 남깁니다. 여러분은 그들의 유언을 어떻게 생각하나요?

> 가족들은 하염없이 눈물을 흘렸다. 황금 아버지, 황금 어머니를 끌어안고 미친 듯이 울었다.
>
> 한데 진짜 비극은 그다음에 일어났다.
>
> [불쌍해서 안 되겠네! 모두, 다시 인간으로 되돌려줄게!]
>
> "..."
>
> 곳곳에서, 끔찍한 광경들이 펼쳐졌다. 정말 많은 비극들이 펼쳐

졌다.

하지만 그래도 그날, 많은 이들이 비슷한 유언을 남겼다.

"나는 괜찮아."

부양할 가족들을 위해서 돈 욕심을 부려야 했던, 그래서 황금 인간이 되어야 했던 가장들은, 하나같이 비슷했다. 참 어쩜, 하나같이들 비슷했다. (13~14쪽)

【세상에서 가장 약한 요괴】

• 세상에서 가장 약한 요괴는 약하다는 이유로 요괴 세계에서 추방당했습니다. 인간 세상에 온 요괴는 인간에게 20대의 젊음을 되돌려줄 수 있는 능력이 있으니 "공존하자!"(25쪽)고 말하는데요. 60대 노숙자가 20대의 젊은 모습으로 변한 것을 목격한 사람들은 요괴 앞에 끝없이 줄을 섭니다. 그런데 "요괴가 만 명쯤의 사람들을 젊은 시절로 되돌려놨을 때 사고가 하나 발생"(26쪽)합니다. 요능이 실패한 것인데요. 그럼에도 사람들은 "요괴를 중심으로 돌아가는 일들이 너무나 많았"(28쪽)기 때문에 요능을 멈추게 할 수 없다고 합니다. 여러분은 인류의 이런 선택을 어떻게 보셨나요?

> 어쨌든 간에 만 명에 한 명이라도 사망자가 나올 수밖에 없다면, 인류는 요괴 이용을 그만둬야 하는 것이 맞았다.
>
> 하지만 요괴는 이미 경제의 거대한 중심축이 되어 있었다. 요괴를 중심으로 돌아가는 일들이 너무나 많았다.
>
> 차례를 기다린 사람들도 많았고, 비싼 돈 주고 차례를 산 사람들도 많았고, 재테크로 차례를 챙겨둔 사람들도 너무나 많았다.
>
> 요괴 관련 산업으로 돌아가는 기업들은 어쩔 것이고, 국가의 엄청난 요괴 관련 수입은 어쩔 것인가?
>
> 요괴의 요능을 멈추게 할 수는 없었다. 사망자가 나왔지만, 인류는 애써 그 점을 무시했다. (28쪽)

【스마일맨】

• 웃음 악마는 인간들이 공짜로 웃는 게 마음에 들지 않는다며 "한 달에 100명씩! 매달 첫째 날 아침 8시, 가장 먼저 웃는 100명의 목숨을 가져갈 거"(35쪽)라고 말합니다. 이로 인해 스마일맨이 탄생했는데요. 스마일맨은 "전국에서 웃음 사망자의 소식을 방송국으로 최대한 빠르게 모은 뒤, 사망자가 100명이 넘어가면 그때 웃는"(38쪽) 일을 합니다. 그들은 한 달에 딱 하루를 일하고 천만 원의 월급을 받습니다. 어느 날부터 웃음 사망자에 대해 거짓 제보를 하는 사람들이 등장해 스마일맨의 목숨이 위험해지는데요. 사람들은 "스마일맨이 아니라 그냥 제물"이라는 생각을 하면서도 스마일맨을 하겠다고 줄을 섭니다. 여러분은 목숨을 담보로 스마일맨을 하겠다고 줄을 서는 이들을 어떻게 보셨나요?

제보된 사진 속의 사망자들은, 환하게 웃는 얼굴로 죽어 있었다. 사진들을 보던 최무정이 말했다.

"…저들이 모두 죽은 게 맞긴 한 거야? 죽은 척, 저런 표정을 짓고서 사진을 찍어 보낸 거 아냐?"

"!"

"!"

충격으로 소름이 돋은 셋. 곧 최무정이 이를 악물며 말했다.

"이제 알겠어. 사람들은 스마일맨의 목숨 따윈 중요하지 않은 거야! 그저, 어서 이 빌어먹을 상황이 끝나면 장땡인 거야! 세 시간, 네 시간씩 긴장하고 있는 게 짜증 나서! 이 상황이 언제 끝나는지를, 스마일맨의 목숨으로 확인하고 싶은 거라고!" (46쪽)

"예비 스마일맨이… 100명이라고?"

그곳에는 불안한 표정을 한 사람들 100명이 모여 있었다. 최무정이 이죽거렸다.

"스마일맨이 아니라 그냥 제물이군. 이제는 아예 스마일맨으로 100명 목숨을 채우려나 보네." (51~52쪽)

• 도망쳤던 스마일맨 최무정은 다시 카메라 앞에 앉습니다. 8시가 되자 그는 코미디 영상을 전국으로 송출시키는데요. 이로 인해 순식간에 스마일맨의 임무를 완수합니다. 감옥으로 들어가기 전, 그는 누가 죽든 어차피 100명이 죽어야 한다면 "차라리 1분 만에 탈락자를 가리고 일상생활로 돌아가는 게 이득"(58쪽)이라고 말하는데요. 여러분은 이런 최무정의 말을 어떻게 보셨나요?

> "누가 죽든, 어차피 100명이 죽어야 하는 건 똑같다. 하루 종일 100명이 죽길 기다리며 전전긍긍하느니, 차라리 1분 만에 탈락자를 가리고 일상생활로 돌아가는 게 이득 아닌가? 누가 죽든, 100명은 죽어야 한다면… 그것은 어차피 경쟁이다! 인간이 늘, 항상, 그래왔듯이."

> 최무정의 말은 의외로, 사람들에게 쉬이 받아들여졌다. 높은 사람들의 생각으로도, 국민들이 빠르게 일상생활로 돌아오는 게 이득이었다. (58쪽)

【개미 인간, 베짱이 인간】

• 어느 날 악마가 나타나 '영원한 30살' 계약을 제안합니다. "10년간 80대 노인의 모습으로 지내고 나면, 남은 평생은 죽을 때까지 30살의 모습으로 살아갈 수 있"(62쪽)는 것인데요. 전 세계의 수많은 사람들이 악마와 계약을 맺었습니다. 이를 본 김남우는 "미래를 위해서, 현재를 희생한다는 게 말이나 되냐"(65쪽)며 답답해합니다. 하지만 연인 홍혜화는 그들이 이해 간다며 "사람은 항상, 미래를 생각하며 살아. 미래를 위해 공부하고 미래를 위해 저축"(65쪽)한다고 하는데요. 여러분은 미래를 위해 현재를 희생하는 것은 어리석은 것이라는 김남우의 말에 공감하시나요?

"이해할 수가 없네! 이미 다 늙은 사람은 그렇다 치고, 젊디젊은 사람들은 왜 저런 계약을 맺는 거야? 청춘이 아깝지도 않나? 10대도 있다며?"

반면 홍혜화는 이해한다는 얼굴이었다.

"그래도, 40살이든 50살이든 60살이든, 영원히 30살의 몸으로 살 수 있다는 거, 정말 매력적이잖아? 난 내가 나이 먹고 늙을 생각 하면 벌써부터 소름이 끼치는데!"

김남우가 인상을 쓰며 홍혜화를 바라보더니, 본인의 생각을 확고하게 말했다.

"미래를 위해서 현재를 희생하는 거, 그게 가장 멍청한 일이야! 만약 너랑 내가 10년간 80살 노인으로 지내야 한다고 생각해봐. 그 10년이 얼마나 끔찍하겠어? 지금은, 지금밖에 할 수 없는 일들이 있다고. 말 그대로 우리 인생에서 20대가 영원히 사라지는 거잖아?" (63~64쪽)

"개미와 베짱이 이야기 기억나? 준비하지 않으면, 겨울이 왔을 때 얼어 죽을 수밖에 없어. 10년 뒤 주위 사람 모두가 30살인데 우리만 나이를 먹어가면 어떡해? 친구들은 젊은 몸으로 경쟁력 있게 일을 하고, 놀기도 하고, 여행도 다니고 그럴 때 우리만 늙어가면 어떡해? 오빠는 다른 사람들에게 뒤처지는 게 두렵지도 않아?" (67쪽)

① 공감한다.

② 공감하기 어렵다.

【문신】

• 마법사 소년은 굶어 죽는 아이들을 구하기 위해 아이들을 문신으로 만듭니다. 문신을 새긴 사람이 음식을 먹으면 아이도 똑같이 포만감을 느끼게 되는데요. 사람들은 굶어 죽는 아이들을 문신으로 새겨 살리는 방법을 선택합니다. 유명인들이 문신을 장려하고 나서자 "아이 문신을 새기는 행동이 마치 유행처럼 퍼져나가고 SNS에도 인증글"(83쪽)이 넘쳐납니다. 게다가 "아이 문신을 몸에 새기면, 다이어트에 도움"(85쪽)이 된다고 알려지자 문신을 하는 이들이 폭발적으로 늘어나는데요. 여러분은 이런 장면을 어떻게 보셨나요?

> "혹시, 지금 우리가 악순환을 되풀이하고 있는 것 아닙니까? 잘사는 우리가 이렇게 자꾸 더 먹어서 세계에 식량이 부족해지고, 그래서 못사는 아이들이 더 굶주리게 되는 것 아니냔 말입니다!"
>
> 그러나 안심하라는 듯, 누군가가 대답했다.
>
> "걱정하지 않으셔도 됩니다. 현재 인류의 농업 생산량은 이미 과잉생산 상태이고, 전 인류를 거뜬히 먹여 살리고도 남을 만큼 식량이 넘칩니다. 평소보다 두 배, 세 배로 많이 먹더라도 전혀 문제없습니다."
>
> "아! 그럼 왜?"
> 이상했다. 고개를 갸웃했다. 얼굴에 물음표를 띄웠다.

그러나 사람들은 의혹보다는, 문신 새기기에 몰두했다. 언론도 그것이 굶어 죽는 아이들을 구하는 최고의 방법인 것처럼 보도했다. (87~88쪽)

[눈멀 자들의 세계]

• 악마는 인류에게 TV나 사진 속 음식을 눈으로 보기만 해도, 그 음식의 맛, 포만감까지 모두 느낄 수 있게 해주는" 초능력을 주겠다고 합니다. 반대하는 사람도 있었지만 투표 결과 찬성이 더 많아 인간은 보는 것만으로도 배부른 생활을 하게 됩니다. 나아가 음식뿐만 아니라 나무, 풀, 개나 고양이도 눈을 통해 맛을 느낄 수 있게 됩니다. 악마는 마침내 인간들에게 인간까지도 맛보도록 합니다. 소설은 "전 세계에서 구토 소리가 울려 퍼지고, 수많은 비명이, 눈물이, 어둠이 찾아왔다"(102쪽)며 끝나는데요. 여러분은 마지막 장면을 어떻게 보셨나요?

[그래! 인간은 같은 인간도 잘 먹더라고! 어쩌겠어? 먹을 수 있어서 먹는 것뿐인데, 뭐! 너희 인간들은 먹을 수 있다면 뭐든지 먹잖아? 안 그래? 하하하하하.]

악마는 웃으며, 크게 웃으며, 신명 나게 웃으며 사라졌다.

"…"

전 세계에서 구토 소리가 울려 퍼졌다. 수많은 비명이, 눈물이, 그리고 어둠이 찾아왔다. (101~102쪽)

【여섯 개의 화살】

• 오색찬란한 빛의 기둥이 하늘로 솟구쳤다 사라진 뒤 그 자리에 여섯 개의 화살이 생겨납니다. 천사들은 화살의 각기 다른 능력을 설명하는데요. 여러분이 여섯 개의 화살을 천사와 악마에게 줘야 한다면 어떻게 나눠주시겠습니까?

붉은 화살 : 사랑에 빠지는 화살
푸른 화살 : 미움에 빠지는 화살
주홍 화살 : 아름다워지는 화살
회색 화살 : 흉측해지는 화살
하얀 화살 : 모든 것을 치유하는 화살
검은 화살 : 반드시 목숨을 빼앗는 화살

천사	악마

• 지구가 통일되고 전 세계 인류가 주민등록을 마칩니다. 하지만 밀림 깊숙한 곳에서 세상과 단절된 채로 살아가는 보그족만은 예외였습니다. 그들의 문명은 "매우 미개했고, 이상한 종교를 갖고 있었으며, 호전적"(103쪽)이었습니다. 또한 외부와의 접촉에 필사적으로 저항합니다. 보그족에 대해 "그들에게는 그들만의 문화가 있으니, 우리는 그것을 존중해주어야" 한다는 의견과 그들에게 "지구의 문명의 혜택을 나누어야"(104쪽) 한다는 의견이 맞서는데요. 여러분은 둘 중 어느 쪽 의견에 더 공감하시나요?

"우리가 하는 일이 정말로 그들을 위한 게 맞습니까? 솔직히 그곳의 자원을 개발하기 위한 핑계를 대는 게 아니냔 말입니다."

"무슨 그런 음해를! 통일 정부의 모든 행동은 오직 인류애를 바탕으로 이뤄지고 있습니다. 같은 인간으로서, 우린 그들에게도 좋은 것을 나눠줘야 할 의무가 있습니다!"

"그들은 그 안에서 충분히 좋을 수 있습니다. 그들은 그냥 우리와 다를 뿐이지, 틀린 게 아닙니다. 오히려 우리보다 더 행복할 수도 있습니다. 그들의 문명을 존중합시다."

"때로는 다른 것이 곧 틀린 것일 수도 있습니다! 이 지구 통일 시대에, 배고파서 또는 치료받지 못해서 죽는 인간이 존재한다는 게 말이나 됩니까?" (104쪽)

① 그들만의 문화를 존중해줘야 한다.

② 지구 문명의 혜택을 나누어야 한다.

【낚시대로 낚은 괴생물체】

• 사내가 낚시로 건져 올린 괴생물체는 자신이 외계인이라고 말했다가 요정, 지저 세계의 인간, 악마라고 말을 바꿉니다. 사내는 진짜 악마라면 자신의 영혼을 받고 소원을 들어 달라고 하는데요. 어차피 자살을 고민했던 터라 악마와의 계약이 나쁘지 않겠다고 생각합니다. 하지만 소원을 다 들은 악마는 자신이 악마가 아니라 "당신의 상상"(124쪽)이라고 말하는데요. 여러분은 악마가 말한 '당신의 상상' 이란 말을 어떻게 이해하셨나요?

> "〈스타워즈〉 박물관을 만들 겁니다! 모두가 좋아하겠죠! 그리고 저는 이런 일을 할 필요도 없이, 어릴 적 꿈이었던 동화 작가가 될 수도 있을 겁니다! 돈 걱정 없이! 요정 세계 이야기를 마음껏 풀어낼 수 있겠죠! 어떤 아이들은 제 책을 보며 꿈을 키울 겁니다."
>
> (중략)
>
> [저는 사실, 당신의 상상입니다.]
>
> "뭐?"
>
> 화를 내려다, 괴생물체의 고백에 멈칫하는 사내!
>
> [잘 생각해보시죠. 지저 세계와의 무역을 이뤄내고, 직장에서 인정받

아 왕따를 벗어나고 싶었습니까? 괴로운 인생에서 벗어나 어릴 적 꿈이었던 요정계로 도피하고 싶었습니까? 어릴 적에 손을 놓았던 〈스타워즈〉로 다시 가슴 두근거릴 일이 생겼으면 싶었습니까? 사실은 자살하긴 싫어서, 누군가 기적처럼 나타나 소원을 들어주었으면 싶었습니까?] (123~125쪽)

【푸르스마, 푸르스마나스】

• 정신체인 외계인은 인류에게 물리력을 행사할 수 있었습니다. 외계인은 인류를 심판하면서 "푸르스마… 푸르스마나스… 푸르스마… 푸르스마나스…"(133쪽)라고 말합니다. 사람들은 외계인이 전하는 유일한 메시지인 "푸르스마", "푸르스마나스"의 뜻을 알아내고자 하는데요. 30년 후, 철학자, 종교인, 과학자가 힘을 합쳐 번역기를 개발합니다. 외계인이 인류를 죽이며 내뱉는 메시지는 "사랑한다… 사랑하지 않는다…"(140쪽)였는데요. 여러분은 외계인의 이런 메시지를 어떻게 생각하시나요?

"빨리 번역하라고! 뭐냐고!"

그러자 곧 과학자는, 일생일대의 멍한 얼굴로, 전 세계로 생중계되는 카메라 앞에서 전 인류에게, 외계인의 '푸르스마', '푸르스마나스'를 번역해주었다.

"사랑한다… 사랑하지 않는다… 사랑한다… 사랑하지 않는다… 사랑한다… 사랑하지 않는다…"

"…"

인류는 침묵했다. 꺾여버린 줄기처럼. (139~140쪽)

• 인류는 외계인이 항상 사람이 모여 있는 곳에 등장한다는 것을 파악하고 모이는 행위를 극도로 피하게 됩니다. 이로 인해 문화 공연, 대형마트, 번화가, 큰 군대, 큰 전쟁, 대기업, 학교 등이 사라졌는데요. 대부분 수도권에 집중되었던 인구밀도도 전국적으로 고르게 퍼지면서 "인류는 극도로 점조직화"(135쪽)되어 갑니다. 이에 외계인 추종자가 생기고 그들은 "외계인으로 인해 지구를 좀먹던 인간들이 자연 친화적으로 변하여 지구와 공존"(135쪽)하게 되는데요. 여러분은 인류의 이런 모습을 어떻게 보셨나요?

인류 최초로 발전이 멈춘, 어쩌면 역행에 가까운 시대가 도래했다.

흩어진 사람들은 점점 검소한 생활을 하게 되었다. 꼭 필요한 것들만 자급자족하였고, 불필요한 낭비는 하지 않았다.

어떤 의미로, 인류는 지구를 넓고 고르게 아껴 쓰기 시작했다. 그래서 외계인을 추종하는 종교도 생겼다. 외계인의 행동에 심판이라는 이름이 붙은 이유도 그 때문이었다. 외계인으로 인해, 지구를 좀먹던 인간들이 자연 친화적으로 변하여 지구와 공존하게 되었다는 주장이었다. (135쪽)

[이마에 손을 올리라는 외계인]

• 외계인의 침략에 인류는 항복을 선언합니다. 공격을 멈추면 무엇이든 주겠다는 인류에게 외계인은 "이런 미개한 별에서 나는 것들 중에 하나라도 쓸모 있는 게 있겠느냐"(142쪽)며 단지 하등한 인격체들을 정복하고 싶었을 뿐이라고 말합니다. 그러면서 모든 인간에게 이마에 손을 올리도록 하는데요. 처음에는 별거 아닌 행동이라 생각했던 사람들은 점차 이마에 손을 올리는 행위를 치욕적으로 받아들입니다. 여러분은 사람들의 이런 변화를 어떻게 보셨나요?

> "저거 완전 머저리 아냐? 이마에 손이 뭐 어쨌다고?"
>
> "킥킥! 멍청한 외계인! 지금 우리가 완전 치욕스러워하고 있다 생각할 거 아냐?"
>
> "고작 그런 걸로 인간을 완전 정복했다고 생각하는 거야? 아이고~ 이런 거라면 백번도 해드릴 수 있는데!" (143쪽)

> 시간이 흐르면 흐를수록 어느새, 이마에 손을 올리는 행위는 정말로 치욕스러운 행위가 되어버렸다. 사람들은 이마에 손을 올리라는 말을, 가랑이 사이로 지나가라는 말만큼이나 치욕스럽게 받아들였다. (145~146쪽)

• 외계인들은 인간을 정복한 의미로 인간들에게 "이마에 손을 올리" 라고 요구합니다. 그러자 점차 인간들 사이에서 "이마에 손을 올리는 행위는 정말로 치욕스러운 행위"(146쪽)가 됩니다. 이마에 손을 올리기를 거부하는 이들도 나타납니다. 그들이 이마에 손을 올리는 것은 "개인의 자유를 억압하는 것"(148쪽)이라고 주장하자 "인류에게 더 중요한 것이 자유인지, 아니면 종족 보존인지를 두고"(149쪽) 토론이 벌어집니다. 이마에 손을 올리겠다는 입장의 사람들은 "당신들(손을 올리지 않은 사람들)의 자유를 인류가 함께 책임질 이유는 전혀 없다"(150쪽)고 질타하는데요. 여러분은 이들의 말에 공감하시나요?

"저희는 공식적으로 저 제안을 채용하려 합니다. 만약 외계인이 공격을 하려 한다면, 이마에 손을 올린 사람들은 살려 달라, 이마에 손을 올리지 않은 사람들은 어떻게 되든 상관없다, 이렇게 주장할 것입니다. 어떻게 생각하십니까?"

"그게 무슨 말도 안 되는! 그건 살인 행위나 다름없지 않습니까!"

"왜 그게 살인입니까? 당신들을 죽일 외계인의 살인이지, 살기 위해 빌었던 사람들의 살인은 아니지 않습니까?"

"…"

"자유에는 책임이 따르고, 그 책임은 온전히 본인이 져야 합니다. 다른 이들과 함께 나눠 질 수 없습니다. 당신들의 자유를, 인류가 함께 책임질 이유는 전혀 없습니다."(150쪽)

① 공감한다.

② 공감하기 어렵다.

【우주 시대의 환율】

• 지구를 방문한 외계인은 "화폐 통일"에 대해 이야기합니다. 그는 화폐 통일이 되지 않으면 "지구의 화폐는 우주에서 무용지물"이며, "지구로 관광은 물론이고, 무역업자들도 찾아오질 않을 것"(154쪽)이라고 말하는데요. 외교 대표는 3년 뒤에 다시 방문해 달라고 요청하고 화폐 통일에 들어갑니다. 이로 인해 인류가 전체적으로 하나가 되어가고, 국가 간의 관계도 눈에 띄게 좋아집니다. 우주 외세의 발견은 "인류가 지구인이라는 소속감에 눈뜨게 해주었다"(156쪽)고 하는데요. 여러분은 이 상황을 어떻게 보셨나요?

시간이 없는 만큼, 헛된 힘겨루기나 눈치 싸움은 최대한 간소화되었다. 물론 본인들 국가의 이익을 위해 필사적으로 협상하긴 했지만, 일정을 질질 끌거나 공작을 하는 일은 없었다.

그 이유는 생각 외로 단순했다. 인류가 전체적으로 하나가 되어가고 있었기 때문이다. 우주 외세의 발견은 인류가 지구인이라는 소속감에 눈뜨게 해주었다. 전 세계 빅데이터에서 지구인이라는 단어의 사용 빈도가 매우 높아진 것만 봐도 알 수 있었다.

어떤 나라는 조금 손해를 보고, 어떤 나라는 조금 도움을 받기도 하면서, 지구의 화폐는 통일되었다. 급히 진행된 만큼 진통도 컸지만, 의외의 효과도 많았다. 국가 간의 관계가 눈에 띄게 완화되었으며, 유통 촉진으로 인한 부흥도 기대되었다. (156~157쪽)

• 지구를 찾아온 외계인은 지구의 화폐가 우주에서도 통용 가치가 있어야 한다며 화폐 통일을 하게 합니다. 3년 뒤 다시 찾아온 외계인은 화폐 통일이 된 것을 보고 자신의 종교인 '간다교'를 전파하는데요. 여러분은 이런 외계인을 어떻게 보셨나요?

외계인은 열성적으로 자신의 종교를 전파했다. 목이 터져라 간다교의 믿음을 설파했다.

[간다 님을 믿으면 마음의 평온을 얻을 수 있고! 간다 님을 믿으면 죽어서도 영혼의 안식을 얻을 수 있습니다! 이젠, 지구인 여러분도…]

그는 참 일 잘하는 종교인이었다. 지금도, 3년 전에도.

대표는 묻고 싶었다. 왜 지금인지, 왜 3년 전에는 그냥 갔었는지. 대답이야 뻔하겠지만.(161쪽)

【재산이 많은 것을 숨길 수 없는 세상】

• 외계인이 지구를 다녀간 뒤, 사람들은 자신이 가진 재산만큼 크기가 커집니다. "세계 대부호들은 커다란 아파트만큼 거대해졌고, 연예인들도 빌라 하나만큼씩은 거대해"(162~163쪽)집니다. 5미터만 넘어가도 손가락질당하는 풍조가 생기자, 사람들은 아무리 돈을 많이 벌어도 스스로 재산을 조절해나가는데요. 그러면서도 "돈이 많다는 이유로 불이익을 당하는 것"은 "명백한 불평등"(167쪽)이라고 말하기도 합니다. 이에 대부분의 사람들은 "그러든 말든 상관없다"는 태도를 보이는데요. 여러분은 사람들의 이런 태도를 어떻게 보셨나요?

"돈이 많다는 이유만으로 불이익을 당해야 한다는 게 얼마나 황당한 이야기입니까?"

"어차피 다 뺏길 돈이라면, 누가 열심히 살겠는가? 말도 안 되는 일이다!"

"명백한 불평등입니다!"

그들의 말은 옳았지만, 대부분의 사람들은 그러든 말든 상관없다고 생각했다. 외계인의 짓이라 어쩔 수 없기도 했고, 실제로 거인 상태를 유지하는 부자들도 있었으니까.

"그동안 우리는 인간관계를 너무 당연하게 생각했습니다. 사회에서 사람들과 어울리는 데 드는 비용이 그만큼이나 크다고 생각

합시다. 재산이라는 것도 무인도가 아닌 사회 속에서나 그 의미가 있는 겁니다. (167~168쪽)

【초짜 악마와의 거래】

• 김남우는 악마에게 돈을 받고 죽을 때 영혼을 주겠다고 계약합니다. 악마는 어떤 방법으로 돈을 줄 건지는 말해주지 않는데요. 그 후 김남우는 평생을 공돈 한 번 주운 적 없이 고생하며 살았습니다. 죽은 뒤에 만난 악마에게 따져 물으니 몇 번이나 기회를 줬다고 말합니다. 악마는 "내가 준 기회가 얼마나 많았는데… 횡령, 납치, 강도… 너 왜 이렇게 인생을 정직하게 살았냐"(186~187쪽)고 반문하는데요. 여러분은 악마의 말을 어떻게 보셨나요?

[그것뿐인 줄 알아? 너 은행 갔을 때! 그때 웬 할머니가 보이스피싱 당할 뻔한 거, 네가 가르쳐줬었지? 그때 그 할머니를 속여서, 통장을 빼돌렸어야지! 그 할머니가 평생 김밥 팔아 모은 돈이 몇억인데!]

(중략)

[너 그리고, 길 잃은 꼬맹이 하나, 경찰서에 데려가서 부모님 찾아준 적 있지? 그 애가 부잣집 외동딸이었다고! 납치해서 돈을 요구했어야지! 몇십억은 뜯어낼 수 있었는데, 이 병신아!]

(중략)

[너 그리고 현금수송 차량 사고 났을 때, 119에 신고했지? 이 병신! 그리고 너, 돈 많은 할머니가 너 좋다고 쫓아다녔었지? 일단 결혼하고 죽였어야지! 그리고 너…] (184~185쪽)

【부품을 구하는 요괴】

• 허벅지에 꼭 맞는 부품이 필요했던 요괴는 자신의 부품이 되어줘야겠다며 요구 조건에 맞는 사람 중 가장 가까이에 있던 사람들을 데려갑니다. 인류는 처음에는 잡혀 간 사람을 불쌍하게 여기지만, 금덩이를 일당으로 받아 들고 퇴근하자 그를 부러워하게 됩니다. 그 후 사람들은 "요괴의 조건에 맞추기 위해 노력"(200쪽)합니다. 심지어 자신을 뽑아가라며 요괴에게 접근하기까지 하는데요. 여러분은 이런 사람들을 어떻게 보셨나요?

[거참! 원래 인간 부품은 일회용인가? 몇 번 쓰면 끝이야? 너희 인간들은 참 허약하구나?]

그렇지만 요괴는 걱정이 없었다. 그 일회용 부품이 되기를 원하는 인간들조차 너무나도 많았다.

[뭐, 아무렴 어때! 어차피 난 당장 쓸 수 있는 부품만 있으면 되니까! 보자. 오늘은 어떤 부품으로 골라볼까?]

"요괴님 저를…"
"아뇨, 저를…"
"제가…"

170센티에 65킬로그램, 대머리에 손발톱 깨끗.

170센티에 65킬로그램, 대머리에 손발톱 깨끗.

170센티에 65킬로그램, 대머리에 손발톱 깨끗.

170센티에 65킬로그램, 대머리에 손발톱 깨끗.

170센티에 65킬로그램, 대머리에 손발톱 깨끗.

무수히 많은 똑같은 인간들이, 똑같은 부품이 되고자, 똑같은 곳으로 몰려들었다. 기계의 부품이 되기 위해. 기계의 한낱, 부속품이 되기 위해. (202~203쪽)

【남극을 찾아가는 요괴】

• 단편 「남극을 찾아가는 요괴」에서 땀을 비 오듯이 쏟는 요괴가 남극을 찾아가려고 합니다. 사람들은 요괴가 흘리는 땀이 석유라는 것을 알고 남극으로 가는 방향을 제대로 가르쳐주지 않는데요. 그러던 어느 날, 한 소녀가 요괴에게 지도를 주며 제대로 된 남극의 위치를 알려줍니다. 사람들은 소녀 때문에 국가 경제가 폭락했다며 그녀를 원망하고 욕설을 퍼붓습니다. 여러분은 이런 사람들을 어떻게 보셨나요?

> 완전히 요괴를 잃어버린 그날, 소녀에 대한 사람들의 분노는 극에 달했다.
>
> 소녀는 학교도 갈 수 없었고, 친구도 만날 수 없었다. 그저 집 밖에서 들려오는 욕설과 위협에 매일을 눈물로 보내야만 했다.
>
> 사람들은 소녀의 인생이 끝났다고 말했다.
>
> 착한 소녀는, 세상에서 제일 멍청하고, 생각이 없고, 욕을 먹어도 싸고, 죽어도 될 죄를 지은 사람이 되어 있었다. (215쪽)

【육수를 우려내는 요괴】

• 인간 육수를 우려내는 요괴가 나타났습니다. 요괴의 냄비에 들어갔다가 나오면 "모든 노폐물과 질병"이 깨끗해집니다. 이를 안 인간들은 서로 요괴의 냄비에 들어갔다가 나오고 싶어 하는데요. 이에 국가에서는 미용 목적이 아닌 불치병 환자들을 먼저 들어갈 수 있게 해주자는 규칙을 정합니다. 하지만 요괴가 나타나면 법은 지켜지지 않고, 아비규환이 벌어집니다. 인간 육수에는 "시기, 질투, 이기심, 원망, 미움, 억울함, 불만…"(236쪽) 등 요괴에 어울리는 감정들로 가득했습니다. 이에 요괴는 "인간 육수는 훌륭한 맛이야"(236쪽)라며 좋아하는데요. 여러분은 요괴가 좋아하는 인간 육수를 어떻게 보셨나요?

인간들은 앞뒤 잴 것도 없이, 앞다투어 아비규환을 만들며, 스스로 요괴의 냄비 속으로 몸을 던졌다.

법으로 지정해도 그런 인간들을 막을 순 없었고, 손가락질하던 인간들도 막상 그 상황이 닥치면 냄비로 달려들었다.

육수를 우려내는 요괴는, 정말로 인간 육수만을 우려냈다. 하지만 그가 왔다 간 자리에는 항상 눈물이 가득했다. 분노가 가득했다. 시기, 질투, 이기심, 원망, 미움, 억울함, 불만… 온통 요괴에 어울리는 감정들로 가득했다.

요괴가 우려내는 건 인간 육수뿐만이 아니었다. 인간이 가진 어두운 감정들도 우려냈다. 그 어떤 육수보다도 진하고 진하게.

[크~ 역시 인간 육수는 훌륭한 맛이야! 인간만큼 요괴들이 좋아하는 맛도 없지, 암!] (236쪽)

【가려운 곳을 긁어달라는 요괴】

• 손을 들어 요괴를 긁어 주면 인간은 "정신이 충만하고, 상쾌하고, 개운하고… 어떤 표현을 갖다 붙여도 모자랄 만큼 기분이 최고"(244쪽)가 됩니다. 이로 인해 도시는 "요괴가 주는 힐링 효과를 맛보고 싶은 사람들로 문전성시"(245쪽)를 이루게 됩니다. 요괴가 출몰할수록 도시에 사람들이 몰리고, 점점 최고의 도시가 되어 가면서 "도시의 땅값은 빠르게 뛰"(246쪽)었습니다. 도시가 발전하면서 자기 집이 없던 절대다수의 평범한 사람들은 방세를 감당하지 못해 쫓겨나야만 하는데요. 여러분은 이런 현상을 어떻게 보셨나요?

이 작은 도시의 가치는 한없이 올라갔다. 세계의 유명 인사들이 아예 이 도시로 이주하기로 했다. 도시의 땅값은 빠르게 뛰었다.

이미 이곳에 집을 가지고 있던 이들은 몹시 기뻐했다. 땅값이 오를수록 기쁨의 비명을 질렀다. 그러나, 자기 집이 없던 절대다수의 평범한 이들에게는 좋은 일이 아니었다. 그들은 상상할 수 없을 만큼 오른 방세를 감당하지 못해 도시에서 쫓겨나야만 했다.

그들도 처음에는 요괴의 존재가 도시에 내려진 축복이라 여겼다. 자신의 고향이 발전하는 것도 좋았다. 하지만 그로 인해 평생을 살아온 도시에서 쫓겨나게 되고 나니…

"저 빌어먹을 요괴 새끼!"

멀리 떨어진 옆 도시에선 아무리 손을 올려봐야 요괴에게 닿지 않았다. 요괴의 등장을 보고 달려가 봐야, 이미 늦어서 그 촉감을 경험할 수 없었다. (246쪽)

• 사람들은 요괴가 나타나는 도시의 땅값이 오르고, 발전하는 것을 보고 요괴를 자신의 도시로 옮겨오려고 합니다. 요괴를 꼬집으면 다른 도시로 옮긴다는 사실을 알게 된 옆 도시의 사람들은 요괴가 나타나는 도시로 가서 "온 힘을 다해 힘껏, 요괴의 살을 쥐어뜯"(247쪽)습니다. 요괴를 긁는 행위는 "인간에게 있어 평생 경험해보지 못한, 어떤 축복"과도 같았다는 걸 알면서도 인간들은 "소중한 행위에 집중하지 않고"(250쪽) 요괴를 꼬집습니다. 견디다 못한 요괴는 더 이상 도시의 하늘 위에 나타나지 않고 떠나는데요. 여러분은 사람들의 이런 행태 어떻게 보셨나요?

한데 인간들은 그런 소중한 행위에 집중하지 않고, 요괴를 꼬집었다. 긁어달라 자신의 배를 내어준 요괴를 사정없이 꼬집고 또 꼬집었다.

[앗, 따가워, 으~ 여기도 꼬집는 거야? 앗! 여기도? 윽! 히잉~ 너희들도야?]

"요괴를 꼬집지 맙시다! 어떻게 축복 같은 저 요괴를 꼬집을 수 있습니까? 법적으로라도 막아야 합니다!"

자정의 목소리를 내는 사람들도 있었지만, 언제나 그렇듯 무시당했다.

"요괴 꼬집기를 금지한다면, 그건 우리 도시에서부터…"

"아니, 저놈들이 먼저 우리 도시에서 요괴를 꼬집었으니까…"

"요괴를 독식하겠다는 마음을 버리고, 주기적으로 기간을 정해서 꼬집어주는 법을 만들어…" (250~251쪽)

【항문이 없는 요괴】

• 요괴가 잡아먹을 인간 후보를 세 명으로 정했습니다. 하지만 도저히 결정하지 못하겠다며 "너희 인간들이 나 대신 결정해"(265쪽) 달라고 합니다. 세 명의 후보인 뚱뚱한 인간, 어린 인간, 늙은 인간은 한 명씩 무대 위에 올라 자신이 먹혀야 하는 이유를 말합니다. 하지만 그들의 이유를 듣자 사람들은 "죽지 마세요! 당신은 죽으면 안 됩니다!"(267쪽)라며 그들을 만류합니다. 요괴에게도 "저 사람들 먹으면 안 돼요!"(275쪽)라고 말하는데요. 여러분은 이 장면을 어떻게 보셨나요?

[인간들아! 결정했어? 나 누구 먹으면 돼? 누구 먹을까?]

사람들은 곤란해졌다.

세 명이 후보가 자신이 꼭 먹혀야 하는 이유를 밝힐 때마다, 오히려 절대 죽지 말아야 할 사람이란 생각만 들었다.

결국, 사람들은 이렇게 외쳤다.

"저 사람들 먹으면 안 돼요!"

"그래! 저 사람들 먹지 말라고!"

"인간은 맛없어요! 다른 게 더 맛있어요!"

[뭐라고?]

요괴는 황당해서 빙글빙글 돌았다.

[이게 뭐야! 나보고 먹어달라고 난리 치던 인간들은 다 어디 간 거야?]

수많은 사람들이 "먹지 마! 먹지 마!"를 연호했고, 그 밖의 다른 소리들은 모두 묻혀서 들리질 않았다. (274~275쪽)

• 항문이 없는 요괴는 평생 딱 한 번의 식사만을 할 수 있습니다. 인간 고기를 먹기로 결심한 요괴는 "인간을 먹더라도 맛있는 인간, 맛없는 인간을 잘 골라야"(258~259쪽) 한다고 말합니다. 사람들의 머리 위를 날아다니며 먹을까 말까를 고민하는데요. 그러던 중 "자진해서 요괴에게 먹히겠다고 한 사내가 나타"(259쪽)납니다. 그리고 그를 시작으로 전 세계에서 자원하는 사람들이 늘어납니다. 그들은 "세상에서 단 한 명!"이라는 사실에 매력을 느꼈다고 하는데요. 여러분은 이들에게 공감하시나요?

> [뭐야? 먹히고 싶은 인간들이 이렇게 많다고? 너희 인간들은 참 희한하네.]
>
> (중략)
>
> "전 인류 중에 오직 한 명밖에 먹지 못한다잖아! 세상에서 단 한 명! 그게 내가 되고 싶어!"
>
> 일반인들은 이해될 것 같으면서도, 이해되지 않는 이유였다.
>
> 일이 이렇게 되자, 졸지에 그들 사이에 경쟁이 붙었다. 요괴의 한 끼 식사가 되기 위한 경쟁이었다. (262쪽)

① 공감한다.

② 공감하기 어렵다.

[세상에서 가장 예쁜 요괴]

• 세상에서 가장 예쁜 요괴는 너무 예쁘다는 이유로 요괴 세계에서 추방당합니다. 하지만 그 요괴의 외모는 "어떻게 봐도 절대 예쁘다고 볼 수 없"(278쪽)었는데요. 요괴는 요능을 발휘해 사람들의 얼굴을 자신처럼 예쁘게 만들어놓습니다. 사람들은 자는 동안 요능을 발휘하는 요괴에게 수면제를 먹이면서까지 아름다운 얼굴을 계속 유지하고 싶어 합니다. 그런데 화성에 갔다 돌아온 우주인들은 사람들을 보고 "어쩜 다들 이렇게 끔찍하게 못생겼을 수가"(293쪽) 있는지 깜짝 놀랍니다. 그럼에도 사람들 눈에는 여전히 자신들이 가장 예쁘고 멋지고 아름다운데요. 여러분은 이를 어떻게 보셨나요?

> 세상에서 가장 예쁜 요괴의 요능은, 사람들의 얼굴을 자신처럼 예쁘게 만들어놓는 것이었다. 동시에, 자신을 닮은 얼굴을 가장 예쁘다고 생각하게 만드는 것이었다.
>
> (중략)
>
> 그렇다고 해서 아름다움의 판도가 달라지진 않았다. 여전히 사람들의 눈에는 자신들이 가장 예쁘고 멋지고 아름다웠다. 지금 지구의 미의 기준은 분명 자신들이었다.
>
> 한번 생각해보긴 했다. 요괴가 나타나기 전의 미의 기준에 대해서. 그 시절의 미의 기준은 도대체가… 지금도 아이들은 자신들만 못생겼다며 울어대는데 말이다. (293쪽)

【세상에서 가장 쓸모없는 요괴】

• 세상에서 가장 쓸모없는 요괴는 "어떻게 하면 쓸모 있게 될"(295쪽)지에 대해 사람들에게 묻습니다. 사람들은 요괴에게 남편이 어디 있는지 볼 수 있는 능력, 수능을 잘 보게 해주는 능력, 로또에 당첨되는 능력, 암살 능력 등을 말하는데요. 요괴에게 이런 능력을 바라는 사람들을 여러분은 어떻게 보셨나요?

[어떻게 해야 쓸모 있게 될까? 좋은 생각 없어? 응? 나도 정말 쓸모가 있고 싶어! 응? 응?]

그녀는 요괴를 떨구고 싶은 생각에 이렇게 말해버렸다.

"우리 남편이 지금 어디서 뭘 하고 있는지 좀 확인해줄래요? 그런 능력이 있으면 쓸모 있을 것 같아요."(296쪽)

【할머니를 어디로 보내야 하는가】

• 할머니는 천국으로 가는 1등급 최우선 대상입니다. 하지만 자신의 딸이 자살해서 지옥에 있다며 지옥으로 보내 달라고 합니다. 천국과 지옥에 있는 출입국 사무소 직원들은 할머니로 인해 논쟁을 벌입니다. 천국파는 "평생 불행했는데, 죽어서라도 천국에 가셔야지"라 말하고, 지옥파는 "할머니 본인이 지옥에 가고 싶으시다잖아! 딸이 지옥에 있는데 천국에서 맘이 편하시겠어?"(320쪽)라며 지옥으로 보내야 한다고 주장합니다. 여러분은 할머니 사연을 듣고 논쟁을 벌이는 천국과 지옥의 출입국 사무소 직원들을 어떻게 보셨나요?

"아니 왜, 도대체 왜 지옥을 가시려고요? 3일 동안 천국 구경 한 번도 안 해보셨어요?"

할머니는 눈시울이 붉어져 말했다.

"죽고 나서야 알았어요. 천국이 있고, 지옥이 있고… 근데 내 딸이… 내 딸이 자살을 했어요."

"네?"

"자살한 사람은 지옥에 간다면서요? 그게 벌써 몇십 년 전이에요. 내가 가야 돼요. 내가 얼른 가서, 내 딸 옆에 있어줘야 돼요. 지옥에 있는 불쌍한 내 딸 옆에 함께 있어줘야 돼요…" (315~316쪽)

13일의 김남우

• 『13일의 김남우』는 〈오늘의 유머〉 공포 게시판에서 네티즌들의 호응을 얻었던 김동식의 단편 소설집 시리즈 세 번째 작품입니다. 현실적 상황에 판타지를 입혀 선택의 갈림길에 선 인간의 다양한 모습을 보여주는데요. 여러분은 이 책을 어떻게 읽으셨나요? 별점과 소감을 나눠봅시다.

별점(1~5점) : ☆☆☆☆☆

읽은 소감 :

• 『13일의 김남우』는 표제작 「13일의 김남우」 외 20편의 단편을 싣고 있습니다. 가장 인상 깊게 읽은 단편이 있다면 소개해봅시다.

1. 도덕의 딜레마
2. 나비효과
3. 13일의 김남우
4. 버튼 한 번에 10억
5. 완전범죄를 꾸미는 사내
6. 퀘스트 클럽
7. 인간에게 최고의 복수란 무엇인가
8. 도와주는 전화 통화
9. 자긍심 높은 살인 청부업자
10. 김남우 교수의 무서운 이야기
11. 나는 정말 끔찍한 새끼다
12. 거짓은 참된 고통을 위하여
13. 시공간을 넘어, 사람도 죽일 수 있는 마음
14. 자랑하고 싶어 미치겠어
15. 죽음을 앞둔 노인의 친자 확인
16. 사이코패스 죽이기
17. 버려버린 시간에도 부산물이 남는다
18. 친절한 아가씨의 운수 좋은 날
19. 세 남자의 하우스 포커
20. 심심풀이 김남우
21. 가족과 꿈의 경계에서

• 요괴, 외계인, 괴물 등이 나왔던 전작과 달리 『13일의 김남우』는 현실 세계와 가상의 세계를 접목하여 인간의 '선택'에 집중합니다. 종말론, 무의식, 영원한 시간, 가상 공간, 망상, 시공간의 초월, 생사의 경계, 평행우주 등 다양한 가상 세계를 보여주는데요. 현실에서는 성폭행범에게 징역 8년, "가상현실 지옥에서는 8천 년 봉사를 선고"하는가 하면(「자랑하고 싶어 미치겠어」), 과거 세계에서는 아직 죽기 전인 피해자와 휴대폰으로 통화한 후 당시 살인을 저지른 범인을 잡기도 합니다(「도와주는 전화 통화」). 여러분은 작가가 그리는 가상세계를 어떻게 보셨나요?

"존경하는 재판장님, 피고인 이범인의 가상현실 자백 파일을 증거로 제출합니다."

(중략)

"감시 결과 기억의 조작이나 강압적인 상황은 전혀 없었고, 100퍼센트 피의자의 자의로, 자발적인 자백이 이루어진 걸 확인했습니다!"

"좋아요. 증거 인정합니다."

(중략)

"법을 바꿀 수 없어, 8년을 선고할 수밖에 없었습니다. 본 법정은 피고인 이범인에게 징역 8년을 선고합니다.… 추가로!

피고인 이범인에게 '가상현실 지옥'에서의 8천 년 봉사를 선고합니다." (261~263쪽)

• 김동식 작가는 〈한겨레〉와의 인터뷰에서 작품을 통해 어떤 메시지나 주제를 전달하려고 하기보다는, "이런 상황을 보면 뭐가 맞는지 아시겠죠? 뭐가 잘못됐는지 아시겠죠?"라는 생각으로 소설을 썼다고 말을 했습니다. 이어 "상식이 없어서 나쁜 일을 하는 사람은 없다"는 말도 덧붙입니다.

『13일의 김남우』에서는 30억을 받기 위해 죽은 남편을 시신을 박제하라고 말한 아내의 모습을 그리는가 하면(「인간에게 최고의 복수란 무엇인가」), 범죄를 저지른 사람이 편안한 안식을 맞이하지 못하도록 "마지막 죽는 순간까지도 고통을" 주는 복수극(「거짓은 참된 고통을 위하여」)을 펼치기도 합니다. 그 외 단편에서도 나쁜 일을 한 사람의 비극적인 결말을 그리는데요. 여러분은 이런 설정이 마음에 들었나요?

– 작가님 소설을 보면서 전 이솝우화가 떠올랐어요. 짧은 글에 누구나 이해할 수 있는 직관적인 메시지가 담겨 있죠.

"우화 같단 얘기 많이 들었어요. 일부러 그렇게 어떤 메시지나 주제를 주자는 생각으로 쓰진 않았고요. '이런 상황을 보면 뭐가 맞는지 아시겠죠? 뭐가 잘못됐는지 아시겠죠?' 뭐 이런 느낌으로 쓴 건 사실이에요. 다 아시는 것들이니까. 요즘 상식이 없어서 나쁜 일을 하는 사람은 없잖아요. 다 알면서 나쁜 일을 하는 거지."

_「2년간 366편… 문학이든 아니든, 작가든 아니든, 나는 쓴다」, 〈한겨레〉 2018년 3월 18일자

[자신의 죄를 뉘우치고 편안한 안식을 맞이한다? 절대 허락할 수 없습니다… 마지막 죽는 순간까지도 고통을! 1초의 틈도 허락하지 않는 고통을 주고 싶었습니다. 그것이 제 복수입니다.] (238쪽)

"너도 괴로워할 줄 알지? 그럼 봐야지. 네 딸이 어떻게 죽었는지 잘 봐. 네 딸은 너 때문에 죽은 거야."

(중략)

"네 딸과 약속했어. 그 대신 너는 살려주기로… 나는 너를 죽이지 않아. 하지만 저분들은…"

김남우는 뒤로 물러서며, 그때까지 대기하고 있던 이들을 향해 말했다.

"이젠 안심하셔도 됩니다. 고통을 느낄 줄 아는 놈입니다."

이날을 기다려온 사람들이 고개를 끄덕이며 최무정에게로 다가갔다. 진정한 복수를 위하여. (303~304쪽)

① 마음에 들었다.

② 마음에 들지 않았다.

• 김동식 소설집은 출간과 동시에 베스트셀러에 올랐고, 많은 독자의 관심과 사랑을 받았습니다. 〈한겨레〉와의 인터뷰에서 작가는 "독자들의 댓글과 반응이 글 쓰는 데 가장 큰 동력이 되었다"며 전문가, 평론가 등 소수의 인정보다는 온라인 같은 곳에서 "다수가 그냥 좋아하는 것"이 더 소중하다고 합니다. 하지만 "직업적인 문인 가운데 어떤 사람들은 인터넷 같은 데서 익명의 대중들이 하는 얘기에는 별로 개의치 않고, 전문가, 평론가들의 평가에는 매우 예민하게 반응하는 경우"도 있는데요. 여러분은 김동식 작가가 전문가, 평단의 견해에 귀 기울여야 한다고 생각하십니까?

"저는 뭐 굳이 나누자면 숫자를 더 중요하게 생각하는 편이에요. 온라인 평가가 절대다수잖아요. 한 명의 평가보다는 10명의 평가가 좋고 100명, 1000명, 1만 명이 더 좋죠. 사실 뭐가 옳은 평가냐를 판정할 순 없지만 더 많은 사람이 좋아해준다면 그쪽이 낫지 않을까요? 소수의 인정보다는 다수가 그냥 좋아하는 것, 제겐 그게 더 소중하다고 생각해요."

— 작가님 작품에 대해선 기성문단이나 평론가들은 뭐라고 하던가요?

"많이 접해보질 못했어요. 그나마 접해 본 건, 제 책을 낸 출판사와 관련된 분들인데, 제가 가진 여러 가지 단점들, 문장이나 구성, 개연성에 한계가 많다는 걸 지적해 주시지만 대체로 '신박하다'(참신하고 신선하다는 인터넷 조어), '새롭다'는 긍정적인 평가가 많죠. 근데 그런 좋은 평가도 사실 제 배경과 관련이 있을 거예요. 글을 안 써본 사람이고 그러니까…. 제 배경을 감안해서 좋게 얘기하는 거지, 절 진지하게 작가로 생각해주는 평가나 그런 건 아직 받아보지 못했어요."

_「2년간 366편… 문학이든 아니든, 작가든 아니든, 나는 쓴다」,

〈한겨레〉 2008년 3월 18일자

① 귀 기울여야 한다.

② 귀 기울일 필요 없다.

작품별 논제

[도덕의 딜레마]

• 인류는 운석 충돌을 예상하고 비밀 회담으로 지하 도시 건설을 추진했습니다. 하지만 모든 인류가 들어갈 수는 없었습니다. 선별이 필요했는데요. 이미 "권력, 재력, 명성, 재능을 가진 이들의 자리는 이미 확보"(7쪽)되어 있었고, 나머지 절대다수의 사람들을 선별하는 기준이 필요했습니다. 세계는 '도덕'을 그 기준으로 삼기로 합의하는데요. 여러분은 이런 인류를 어떻게 보셨나요?

> "첫 번째 도덕적 질문입니다. 당신은 에이즈 환자 한 명을 완치시킬 수 있는 약을 가지고 있습니다. 그리고 당신 앞엔 두 명의 사람이 있습니다. 에이즈에 걸린 80세 노인과 20세 여인."
>
> 순간, 사내는 속으로 깊이 안도했다. 이미 도덕이 인류 선별의 기준이 된 순간, 세상 모두가 도덕에 대해 공부했고, 이 질문 역시 사내가 공부했던 질문들 중 하나였다.
>
> [생명의 가치가 나이에 따라 달라질 수 있는가?]
>
> 사내가 공부한 대로라면 합리적으로, 여인에게 약을 주는 것이 그나마 가장 정답에 가까웠다. (9쪽)

• 도덕 심사에 참여해 세 가지 질문에 답했던 606번 사내는 자신과 의견이 같았던 심사 위원 10명과 함께 탈락합니다. 무장 군인들에게 제압당해 끌려가면서 사내는 사회자에게 자신의 선택이 왜 틀린 거냐며 "세 가지 질문의 정답이 뭐냐고!"(19쪽) 묻습니다. 심사위원은 정답은 없다고 말합니다. 도덕이란 인류가 만든 것이기 때문에 "절대다수가 곧, 정답이"(20쪽)라고 하는데요. 여러분은 사회자의 이런 말을 어떻게 보셨나요?

"개자식아! 그럼 내 선택이 틀린 거였어? 내 선택이 어디서 틀린 건데! 세 가지 질문의 정답이 뭐냐고!"

사회자는 피식, 웃었다.

"정답? 정답은 없습니다."

"뭐? 그럼 왜! 왜 내가 탈락이야! 왜 우리가 탈락이야!"

"소수니까."

"뭐?"

"도덕이 무어라 생각하는 겁니까? 도덕이란 건 인류가 만든 겁니다. 절대다수가 곧, 정답이지요. 하하."

"뭐…"

"새롭게 태어날 지하 세계에, 이왕이면 같은 도덕관을 가진 다수가 모이는 게 합리적이지 않습니까? 새로운 세계에 소수의 자리는 없습니다." (19~20쪽)

【나비효과】

• 20년 전, 한 외계인이 지구로 관광을 하러 왔다가 선물을 두고 갔습니다. 그것은 '나비효과'라 불리는 기계로, 사건의 시발점이 되는 행위를 한 사람에게 문자를 보내 운명을 바꿀 기회를 주는데요. 이를테면 난간에 껌을 뱉은 행위가 나비효과가 되어 한 행인의 죽음으로까지 발전한다면, 문자를 받은 사람이 난간에 가서 껌을 치워버리면 행인이 사망하지 않게 되는 것입니다. 사람들은 처음에는 운명을 되돌리려고 열심히 노력했지만 점차 무뎌졌습니다. 사람들은 점점 문자가 와도 무시하게 되었고, "마음이 조금 불편하긴 했지만, 굳이 큰 수고와 노력을 들여서까지 운명을 되돌리려고 노력하진 않았"(29쪽)는데요. 여러분은 사람들의 이런 태도를 어떻게 보셨나요?

"흐흐흐~ 형, 그냥 벌금 내고 말지 그랬어. 그깟 벌금 얼마나 한다고. 3만 원밖에 안 하잖아?"

"야! 땅을 파봐라, 3만 원이 나오나! 그리고 벌금이 문제냐? 사람이 죽는다는데 찜찜하잖아."

"뭐 그게 형 탓인가? 형이 뭘 했다고."

"난 찜찜해, 인마! 말이 나와서 말이지. 벌금이 3만 원이 뭐야? 사람 한 명이 죽는다는데 노상방뇨 벌금보다 싸다니! 사람 목숨이 오줌값보다 못해?"

"에이! 그건 아니지. 형! 사람들이 뭐, 일부러 누구 죽으라고 하는 행동들도 아니고, 아무 잘못도 없이 뜬금없이 문자를 받는 건데! 만약 벌금이 셌어 봐. 사람들 항의하고 난리 났을걸?"

"그래도 3만 원이나 뭐냐! 그러니까 사람들이 죄다 문자를 무시하는 거지!"

"됐어! 누가 요즘 나비효과 신경 쓴다고. 억지로 죄책감 가질 필요는 없잖아? 거기에 대해 우린 아무런 잘못도 없는데 말이야!"
(30쪽)

【13일의 김남우】

• 김남우는 아침에 눈을 뜨면 13일로 돌아가는 현실에 천천히 적응하기 시작합니다. 처음에는 똑같은 일을 계속 반복했지만, "어차피 반복되는 일상이라면 홍혜화를 만나"(49쪽) 즐거운 하루를 보내기로 합니다. 만약 여러분이 김남우처럼 하루가 반복되는 상황에 처한다면 무엇을 하고 싶은가요?

> 어차피 반복되는 일상이라면, 홍혜화를 만나는 것이 김남우가 보낼 수 있는 가장 즐거운 하루였다.
>
> 그러나 대구에 도착해서 홍혜화를 만난 김남우는 쓴웃음을 지었다. 어제와 똑같은 옷을 입은 그녀가, 어떻게 회사를 쉬었냐며 똑같은 질문을 던졌으니까 말이다.
>
> 그래도 김남우는 어제와 똑같은 데이트를 할 생각은 없었다. (49쪽)

• 김남우는 아침에 깨어날 때마다 절규합니다. 똑같은 하루가 계속 반복되는 "지옥에 갇혀버"(46쪽)렸기 때문입니다. 그러던 어느 날, 자신에게 벌어지는 일을 다른 사람에게 이야기하면 그 사람도 같은 상황에 처하게 된다는 것을 알게 됩니다. 그리고 아는 "사람이 세 명으로 늘어나면 반복 일수도 3일로 늘어난다"(55쪽)는 원리도 알아내는데요. 그는 "미래가 찾아오기"를 바라는 마음으로, "다시는 13일로 되돌아가지 않기"(59쪽) 위해 자신의 이야기를 소설로 써서 수많은 사람에게 읽게 합니다. 여러분은 이런 김남우의 행동을 어떻게 보셨나요?

결국, 365명을 넘겼을 때, 홍혜화는 말했다.

"이런 식으로 계속 늘리다 보면, 결국 우리에게도 미래가 찾아오는 거 아닐까? 결혼도 하고, 아이도 낳고…"

"그래. 그럴 수도 있겠다. 수백 명, 수천 명이 되면…"

그녀는 눈을 빛내며 말했다.

"나한테 좋은 생각이 있어. 오빠의 이야기를 소설로 쓰자. 그래서 수많은 사람이 읽게 하는 거야. 그럼 영원히 내일이 찾아올 거야. 다시는 13일로 되돌아가지 않고…"

김남우는 그렇게 했다. (59쪽)

【버튼 한 번에 10억】

• 김남우는 호수 한가운데 떠 있는 낚싯배에 나타난 사내에게 버튼을 누르면 10억을 주겠다는 말을 듣습니다. 대신 "버튼을 누르면 사모님이 돌아가시게 되고 그 보험금으로 10억이 지급"(60쪽)될 거라고 합니다. 이에 망설이던 김남우는 자신도 모르게 버튼을 누르고 마는데요. 집으로 돌아온 김남우에게 아내가 임신 사실을 알려줍다. 그때부터 김남우는 아내가 사고로 죽지 않게 정성을 다해 보호하는데요. 여러분은 이런 김남우를 어떻게 보셨나요?

> "만약 제가 버튼을 누른다면… 정확히 어떻게 되는 겁니까?"
> "정확히 3일 뒤, 사모님이 교통사고로 사망하시게 될 겁니다. 사장님께서 하실 일은 아무것도 없습니다. 그냥 친구분들과 만나서 술이라도 마시고 계시면 모든 게 끝나 있을 겁니다. 어떻습니까? 그냥 이 버튼을 한 번만 누르시면 되는데?"
>
> 김남우는 잠깐 망설였다. 한데 어느 순간 갑자기,
>
> 딸깍!
>
> 자신도 모르게 버튼을 누르고 말았다. (61쪽)

> 김남우는 아내 뒤를 바싹 따라붙었다. 아내가 이상하게 보든 말든, 아내가 들어간 화장실 문 앞에서 아내가 나올 때까지 지켰다. (69쪽)

[완전범죄를 꾸미는 사내]

• 수면 내시경을 하는 동안 최무정은 마취 상태에서 자신의 완전범죄 계획을 이야기합니다. 그가 깨어났을 때 의사 김남우는 최무정에게 "남자분들의 항문을 사랑"한다면서, "마취가 완전히 깨시면, 항문이 꽤 아프실 겁니다."(91쪽)라고 말합니다. 최무정은 김남우를 성추행죄로 신고하는데요. 경찰관을 대동한 최무정이 CCTV 영상을 보여 달라고 하자 김남우는 싫다고 말합니다. 그로 인해 김남우의 신상 정보가 까발려지고 "온 인터넷이 남자 의사의 남자 환자 강간 사건"(95쪽)으로 떠들썩해집니다. 증거를 가지고 있으면서도 끝까지 CCTV 영상을 보여주지 않은 김남우에게 공감하시나요?

> "명예훼손이라뇨! 저는 히포크라테스 선서를 한 의사입니다! 절대 환자분의 개인 정보를 유출하지 않습니다!"
>
> "너, 너!"
>
> "그 동영상은 제가 유출한 게 아니지 않습니까? 환자분 본인께서 증거로 요청하셨던 거지요. 어찌 감히 제가 의사로서 환자분의 동영상을 유출하겠습니까?" (101쪽)

① 공감한다.

② 공감하기 어렵다.

【퀘스트 클럽】

• 주인공 '나'는 직장 선배에게 "퀘스트를 깨고 보상을 받는 곳"(103쪽)이라는 '비밀스러운 클럽'을 소개받습니다. 그날 이후로 주인공의 집 앞에는 지령이 적혀 있는 명함이 도착합니다. 퀘스트를 완료하면 보상이 주어지는데, 퀘스트의 등급별로 보상에 차이가 있습니다. 그러던 어느 날, S급 지령이 도착하는데 그것은 바로 살인을 하라는 것이었습니다. 그는 그동안 자신이 수행했던 퀘스트가 다른 사람의 살인을 도운 것이라는 사실도 알게 되는데요. 결국 '나'는 살인을 하라는 지령을 수행하고 S급 지령 보상을 받습니다. 이렇게 주인공은 "퀘스트 클럽에 중독"(109쪽)되었습니다. 여러분은 이런 주인공을 어떻게 보셨나요?

> 한눈에 알아볼 수 있었다. 그동안 내가 실행했던 지령들이 하나의 살인을 위한 밑 작업이었다는 사실을. 그동안 누군가가 살해당하도록 내가 직접 돕고 있었다는 사실을 말이다.
>
> 내가 버렸던 스패너, 내가 붙잡았던 김원균 씨, 개, 야구방망이, 밧줄, 쓰레기통 등등… 무수히 많은 것들이 머릿속을 스쳤다.
>
> 어차피 늦었다는 선배의 말뜻을 뼈저리게 깨달았다.
>
> (중략)
>
> 나는 나도 모르게 동선을 파악했다. 퀘스트를 수행한 다른 멤버들 덕분에 너무나도 간편하고 쉬운, 그 살인 동선을 말이다.
> (117~118쪽)

[인간에게 최고의 복수란 무엇인가]

• 사랑하는 딸이 음주 운전 차량에 치여 죽자 그녀의 아버지는 운전자에게 복수하려고 합니다. 하지만 운전자는 이미 죽어버렸기 때문에 죽은 사람에게 복수할 수 있는 방법을 찾으려 합니다. 운전자의 친구 김남우, 아내 홍혜화, 동생 공치열을 가둬두고 방법을 알려 달라고 하는데요. "시체를 정육점 고기처럼 잘게 썰어서 개밥으로"(124쪽)주자는 의견과 "박제해서 곁에 전시해"(124쪽) 놓으라는 의견이 나오자 딸의 아버지는 "상대방의 신체를 괴롭히는 것은 복수 중에서도 가장 하급"(125쪽)이라고 하는데요. 여러분은 이 말을 어떻게 이해하셨나요?

"염병! 차라리 그럼, 형이 혼수상태일 때 직접 와서 죽였어야지! 이미 죽은 사람한테, 시체 훼손 말고 뭘 어떻게 복수를 하려는 거야?"

[그걸 못했기 때문에 이렇게 자네들에게 묻고 있는 것 아닌가? 진정한 복수가 무엇인지 한번 잘 생각해봐. 상대방의 신체를 괴롭히는 것은 복수 중에서도 가장 하급이야.] (125쪽)

• 김남우는 "사람에게 있어 잊히는 것보다 더 큰 괴로움은, 부정당하는 것"(130쪽)이라며 공진열의 모든 것을 부정하는 방법을 말합니다. 스피커 속의 그는 "맞구나! 맞아! 존재의 부정!"(131쪽)이라며 기쁜 목소리로 말하는데요. 여러분은 "존재의 부정이 인간에게 가할 수 있는 최고의 복수"(131쪽)라는 말을 어떻게 이해하셨나요?

"사람에게 있어 잊히는 것보다 더 큰 괴로움은, 부정당하는 것입니다."

[계속해.]

공치열과 홍혜화가 벌떡 일어나 김남우 주변으로 다가왔다.

"공진열을 알고 있는 모든 사람이, 공진열의 모든 것을 부정하는 겁니다."

[구체적으로?]

"너는 태어나지 말았어야 했다, 너를 좋아하지 않았다. 너를 사랑하지 않았다. 너의 인생은 하찮았다, 네 꿈 같은 건 이루어질 리 없었다, 너는 직장에서 도움이 안 되는 인간이었다, 너는 낳지 말아야 할 아들이었다, 너는 태어난 것 자체가 민폐였다, 네가 불행해지기를 마음속으로 기도했다, 세상에 너를 좋아할 사람은 한 명도 없다, 너를…" (130~131쪽)

【도와주는 전화 통화】

• 어느 날 홍혜화에게 30년 뒤 미래에서 전화가 걸려와 위험을 알립니다. "인천 연쇄살인의 첫 번째 희생자가 바로 홍혜화"(145쪽)라는 건데요. 계속 통화를 하면서 그녀가 해야 하는 행동을 알려줍니다. 홍혜화의 집 안에 범인이 들어왔을 때 미래에서 온 전화는 범인의 인상착의만 확인하고 끊는데요. 결국 홍혜화는 범인에 의해 희생이 되었습니다. 하지만 타임 워프를 통해 "과거를 바꾸는 것에는 관여하지 못했지만"(155쪽) 30년간 미제 사건으로 남겨졌던 연쇄살인 사건의 범인이 밝혔는데요. 여러분은 이런 타임 워프를 어떻게 보셨나요?

홍혜화의 눈에서 눈물이 흘러내렸다. 식칼 든 손을 벌벌 떨며, 탈출구 없는 뒷걸음질을 해댔다.

홍혜화가 꽉 쥔 핸드폰에 미친 듯이 소리를 질러댔다.

"어떡하냐고요! 악! 대답해달라고요! 아악! 나 어떡해요!"

사내가 천천히, 홍혜화에게로 다가왔다.

⋮

[30년간 미제 사건으로 남겨졌던, 인천연쇄살인의 범인이 밝혀졌습니다! 범인의 정체는 당시 유력한 용의자들 중 한 명이었던 최무정 씨로 밝혀졌습니다. 놀랍게도 이번 수사에는 처음으로 타임 워프 기술이 시

도되었는데요. 국제 타임 워프 협약에 의해, 과거를 바꾸는 것에는 관여하지 못했지만, 첫 번째 희생자 홍혜화 씨의 증언으로 범인을 특정해내는 데 성공하여…] (155쪽)

【자긍심 높은 살인 청부업자】

• 중년 사내를 죽이기 위해 복면을 쓰고 온 청부업자는 살려달라고 말하는 사내에게 "당신을 살려줄 방법이 없는 것만은 아니라며, 역으로 의뢰인을 죽이"(158쪽)라고 말합니다. 자신에게 돈을 지불할 사람이 없다면 자기는 사내를 죽일 이유가 없어진다는 건데요. 사내가 의뢰인을 죽이지 않으면 자신이 사내를 죽일 거라고 합니다. 사내는 결국 의뢰인 두석규를 죽이기로 하지만, 결국 두석규한테 사내가 죽게 됩니다. 이는 두석규도, 사내도 눈치채지 못한 청부업자의 계획이었는데요. 소설은 "그는 역시 프로였다"(164쪽)며 끝을 맺습니다. 여러분은 '프로'라는 말을 어떻게 받아들이셨나요?

"제, 제가 어떻게 그걸…"
"그럼 여기서 죽든가."
"예? 아, 아니! 그건 좀…"
"이봐! 상황을 이해하지 못하는 것 같은데, 잘 들어! 이 상황은 내가 아직 당신을 죽이지 않은 상황인 거고, 만약 내가 당신을 죽이기 전에 의뢰인이 먼저 죽어서 돈을 못 받는 상황이 오면 내가 당신을 죽일 필요가 없어지는 거야. 내가 삼류 양아치처럼 칼을 거꾸로 잡는 그런 게 아니라!"

사내의 얼굴이 일그러졌다. 빠져나갈 구멍이 없었다.

"아, 알겠습니다. 일단 살려만 주시면."

"일단이고 뭐고, 무조건 죽여야 해. 당신이 안 죽이면 내가 다시 당신을 죽일 거니까. 보안을 아무리 철저하게 하더라도 막을 수 없을 거야. 나는 이 방면으로 한 번도 실패한 적이 없는 프로거든." (159쪽)

복면인은 사내를 위해 완벽한 계획을 짜주었다. 프로의 솜씨로. (160쪽)

"정말 정당방위로 처리되는 거 맞죠?"

"예, 예."

두석규, 복면인은 여유롭게 경찰서를 나섰다.

그는 역시 프로였다. 세상에 이보다 더 깔끔한 솜씨가 있을까? (164쪽)

【김남우 교수의 무서운 이야기】

• 김남우 교수는 무서운 이야기를 해달라는 학생들에게 이야기를 해줍니다. 이야기를 마치자 학생들은 "이게 무슨 무서운 이야기"(172쪽)냐며 야유합니다. 그런 학생들에게 "이야기를 들으면서 중간중간 무슨 상상들을 했어? 앞으로 무슨 일이 벌어질 거라 상상했지?"(173쪽)라고 되묻습니다. 김남우 교수는 "너희들이 상상했던 그 이야기들이, 너희들이 살고 있는 현실"(173쪽)이라고 말하는데요. 여러분은 김남우 교수의 이야기를 들으면서 어떤 상상을 하셨나요?

"이야기를 들으면서 중간중간, 무슨 상상들을 했어? 앞으로 무슨 일들이 벌어질 거라 상상했지?"
"그야…"

"너희들이 한 그 상상들은 어떻게 떠올리게 된 걸까?"
"…"

"너희들이 상상했던 그 이야기들이, 너희들이 살고 있는 현실이야. 이런 지어낸 이야기가 아니라 진짜 현실. 너희들은 그런 세상에서 살아가고 있는 거야. 정말, 끔찍하게 무서운 이야기 아니야?"
"…"

학생들은 침묵했다. 정말 무서운 이야기가 맞았구나. (173쪽)

【나는 정말 끔찍한 새끼다】

• 김남우의 초등학교 동창 장진주가 20년 만에 예전 살던 동네로 이사오며 이야기는 시작됩니다. 사실 20년 전 장진주의 아버지를 사망하게 한 범인이 바로 김남우였는데요. 고민하던 김남우는 자신의 어머니에게 사실을 털어놓으며 장진주와 그녀의 어머니에게 자신이 범인이라는 것을 고백하겠다고 하는데요. 이 말을 들은 김남우의 어머니는 "고백하면 뭐 할 건데? 뭐가 달라져? 그 사람들도 힘들어지고, 너도 힘들어질 뿐이야! 차라리 아무 말도 안 하고 사는 게 그 사람들을 위한 일이야."(201쪽)라며 그를 말립니다. 여러분은 이런 김남우 어머니를 어떻게 보셨나요?

"엄마, 나 이제 어떡하지?"

"이미 다 지난 일이야. 아주 오래전 일이잖니. 20년 세월이면 다 잊히고도 남을 일이야."

내가 남몰래 하던 생각을, 엄마가 나 대신 입 밖으로 꺼내 주었다.

(중략)

"멍청한 소리 하지 마! 이미 다 지난 일이라니까? 가서 고백하면 뭐 할 건데? 뭐가 달라져? 그 사람들도 힘들어지고, 너도 힘들어질 뿐이야! 차라리 아무 말도 안 하고 사는 게 그 사람들을 위한 일이야!" (200~201쪽)

【거짓은 참된 고통을 위하여】

• 빈집털이였던 사내는 빈집인 줄 알고 들어간 곳에 여자가 있자 당황해서 살인을 합니다. 10년 뒤 그 여자를 사랑했던 남자가 그에게 복수를 하는데요. 사내에게 마지막 죽는 순간까지도 고통을 주기 위해서 그의 기억을 모두 지웁니다. 기억을 지움으로써 "아무런 죄도 없는데, 이렇게 죽는 게 억울해서 미칠 것 같다!"(238쪽)라는 심정을 느끼게 하고 싶었다고 하는데요. 여러분은 이런 남자의 말에 공감하시나요?

[첫 번째 복수는 이해됩니다… 똑같은 고통을 느끼게 하는 거요. 그런데, 어차피 마지막에 죽이실 거였는데… 어째서 그의 기억을 지우신 거죠? 자기가 죽인 사람의 얼굴을 기억하지 못하게 하시다니?]

[마지막 죽는 순간까지도 고통을 주기 위해서입니다.]

[네?]

[자신은 아무런 죄도 없는데, 지금 억울하게 고통을 받는 것이다! 이렇게 죽는 게 억울해서 미칠 것 같다! 그런 심정을 느끼게 하고 싶었습니다.]

[아!]

[자신의 죄를 뉘우치고 편안한 안식을 맞이한다? 절대 허락할 수 없습니다… 마지막 죽는 순간까지도 고통을! 1초의 틈도 허락하지 않는 고통을 주고 싶었습니다. 그것이 제 복수입니다.] (238쪽)

① 공감한다.

② 공감하기 어렵다.

【시공간을 넘어, 사람도 죽일 수 있는 마음】

• 소년은 사내를 찾아가 지적장애인인 누나에게 나쁜 짓을 한 남자를 살해해달라고 말합니다. 사내는 살의를 형상화하는 종을 보여주면서 상대방이 "죽는 걸 원하지 않는 사람이 주변에 많을수록 네가 불리"(245쪽)하다고 알려주는데요. 소년은 자기 편은 할머니밖에 없다며 "동네 사람들도, 어른들도, 경찰들도! 이 더러운 세상에 제 편은 없다고요!"(245쪽)라고 합니다. 하지만 소년이 종을 낚아채서 흔들자 소년이 아닌 그 남자가 죽는데요. 여러분은 작품에 독자를 개입시키는 형식을 어떻게 보셨나요?

> "그 새끼를 살리고 싶어 한 사람은 다섯 명이었지. 하지만, 그 새끼가 죽었으면 좋겠다고 생각한 사람은 수백 명이 넘었어."
>
> "네? 그런 사람들이 있었다고요?"
>
> 사내는 먼 곳을 바라보았다.
>
> "아주 많았단다. 저런 새끼는 죽었으면 좋겠다고 생각했던 사람들이, 아주 많았단다."
>
> "그들이 누군데요?"
>
> "그들은 지금도 보고 있단다. 그래, 보고 있지."
>
> 사내는 먼 곳을 바라보았다. 사내는, 당신을 바라보았다. (248~249쪽)

【자랑하고 싶어 미치겠어】

가상현실 테스트로 이범인이 김소녀를 성폭행한 사실이 밝혀집니다. 징역 8년이 선고되자 이범인은 "대한민국에서 성폭행 형량이 무슨 8년씩이나 되냐고!"(262쪽)라고 하는데요. 이에 재판장은 형량에 대한 법을 바꿀 수 없어 징역 8년과 추가로 가상현실 지옥에서 8천 년 봉사를 선고합니다. 여러분은 이범인의 말을 어떻게 생각하나요?

흥! 내가 진짜 슈퍼스타 김소녀를 강간한 거면 억울하지나 않지! 고작 저런 년을 강간하고 8년? 하!

응? 아! 그러면 그렇지~ 정정하려나 보네? 재판장이 다시 말하는군. 맞아, 아직 망치도 안 두들겼지?

"법을 바꿀 수 없어, 8년을 선고할 수밖에 없었습니다. 본 법정은 피고인 이범인에게 징역 8년을 선고합니다… 추가로!

피고인 이범인에게 '가상현실 지옥'에서의 8천 년 봉사를 선고합니다."

"뭐?"

땅. 땅. 땅. (263쪽)

【죽음을 앞둔 노인의 친자 확인】

• 병실에서 죽음을 앞둔 노인이 친자 확인을 했습니다. 40년간 자신의 아들이라 믿으며 살았지만 "죽기 전에는 확인해 봐도 괜찮지 않을까?"(267쪽)라는 마음에서였습니다. 노인은 결과는 상관없다며 "단순한 호기심"을 채우고 싶을 뿐이라고 하는데요. 여러분은 노인의 이런 행동에 공감하시나요?

> "결과는 상관없습니다. 만약 내 친자가 아니라고 해도, 그게 무슨 상관이겠습니까?"
>
> "예. 예, 그렇죠. 예."
>
> "저는 다만… 궁금할 뿐입니다. TV드라마의 결말이 궁금하듯이, 야구 경기의 결과가 궁금하듯이, 그렇게 궁금할 뿐입니다. 그 서류 안의 결과는 제게 아무런 영향도 주지 않을 겁니다. 이대로 확인하지 않아도 상관없습니다. 저는 단지, 단순한 호기심을 채우고 싶을 뿐입니다."(267~268쪽)

① 공감한다.

② 공감하기 어렵다.

• 노인은 친자 확인서를 아들에게 보여주기를 원했습니다. 그의 아들 김남우를 찾아가 서류를 보여주자 "이걸 왜 검사했냐"(271쪽)며 화를 내는데요. 알고 보니 아버지인 줄 알았던 그 노인은 강간범이었습니다. 화자가 망상에 사로잡힌 범죄자를 도와준 것을 자책하며 병원에 갔지만 노인은 이미 숨을 거둔 뒤였습니다. 그는 노인에게 검사 결과를 사실대로 말하지 않은 것을 후회하는데요. 여러분은 이런 화자를 어떻게 보셨나요?

내가 무슨 짓을 저지른 걸까? 40년간 미친 망상에 사로잡혀 있던 사이코에게, 나는 뭐라고 말을 해주었단 말인가?

서둘러 병실에 찾아갔으나, 그는 이미 죽어 있었다.

내 덕택에, 역시 자신의 친아들이 맞았다는 증명을 받고서, 자신의 인생이 옳았다는 증명을 받고서, 편안한 안식에 들어 있었다.

어마어마한 죄책감이 나를 감쌌다. 나는 후회했다. 내가 만약 진실을 말했다면. 적어도 그랬다면… (273쪽)

【사이코패스 죽이기】

• 엄지손가락 연쇄살인의 진범인 최무정은 자신의 딸이 살해당하자 범인을 찾아 나섭니다. 자신이 죽였던 피해자의 주변 인물들을 찾아가는데요. 그들에게 피해자가 살아온 이야기를 전해 들은 최무정은 경찰에 자수합니다. 현장검증을 하러 가던 중 유족들에게 납치된 그는 "그녀들을 알았다면, 그녀들을 죽이지 않았을"(301쪽)거라고 말합니다. 여러분은 이 말을 어떻게 보셨나요?

"미안합니다. 내가 당신들을 진작 알았다면… 절대 그녀들을 죽이지 않았을 텐데 말입니다."

"저 씹새끼! 저걸 말이라고!"

유족들의 입에서 욕설이 터졌다. 그러나 최무정은 진지한 얼굴로 말을 이었다.

"내가 그녀들을 알았다면, 그녀들을 죽이지 않았을 텐데 말입니다. 나는 그녀들을 몰랐고, 죽였습니다. 지금 나는 그녀들을 압니다. 그래서 후회합니다. 미안합니다." (301쪽)

【버려버린 시간에도 부산물이 남는다】

• 두석규는 누구도 따라갈 수 없는 경영 능력을 지녔지만, 그가 죽고 나자 회사가 기울기 시작했습니다. 그때 두석규 회장의 영혼이 나타나 회사가 나아갈 방향과 정책을 지시해주었는데요. 그 후로 회장의 영혼을 불러와 고견을 듣기 위해, 직원 김남우는 홀로 방에 갇혀 분신사바만 하게 됩니다. 드디어 꿈속에서 만난 선대 회장은 김남우 몸에 빙의해 활동하는데요. 여러분이 김남우라면 두석규의 영혼을 받아들이겠습니까?

장점은 어마어마한 연봉과 넉넉한 여가 시간, 업무 스트레스가 없고, 대인 관계 스트레스도 없다. 근무시간엔 잠들어 있기 때문에 지겨움을 느낄 일도 없다. 어딜 가든 자랑스럽게 자신을 소개할 수 있다.

그렇다면 단점은? 두석규 회장이 내 몸으로 무슨 짓을 할지 모른다는 불안감. 숙취나 원나이트 스탠드의 불쾌감. 일적으로 성취감과 보람을 찾을 수 없다는 것. 제대로 된 경력도 쌓을 수 없고, 꿈도 없다. (321쪽)

① 받아들인다.

② 받아들이지 않는다.

【친절한 아가씨의 운수 좋은 날】

• 홍혜화가 죽자 저승사자는 그동안 "그녀가 얼마나 잘 살았는지"(337쪽) 보여줍니다. 늘 기분 좋게 인사해주고, 사람들에게 친절한 모습입니다. 그녀가 저승으로 가기 위해 강을 건너려는데 그곳에서 학창 시절 매일 타던 버스의 기사를 만납니다. 그는 뱃사공으로 일하고 있었는데요. 버스 운전할 때 힘들었지만 홍혜화가 "친절하게 인사해준 게 얼마나 힘이 됐는지"(344쪽)모른다고 말하며 그녀를 그냥 보내줘 다시 살아나게 합니다. 친절한 인사로 인해 저승 문턱까지 갔다가 살아 돌아온 홍혜화를 여러분은 어떻게 보셨나요?

[버스 운전할 때는 정말 힘들었지. 그래도 그대 학생이 항상 안녕하세요, 고생하시네요, 좋은 하루 되세요, 친절하게 인사해준 게 얼마나 힘이 됐는지 몰라. 학생은 몰랐겠지만 내겐 정말 큰 힘이 됐어.]
[아, 예…]

홍혜화는 조금 민망해졌다.

[아니, 근데 왜 이렇게 일찍 왔어!]
[…]

뱃사공이 미간을 찌푸리며 갈등했다.

[에라, 모르겠다! 오늘 영업 종료다!]

[예?]

[여기다 신발만 벗어두고 돌아가! 나머진 내가 책임질게!]

[네?]

뱃사공은 웃으며 손을 내밀었다.

[좋은 하… 아니, 좋은 평생 보내, 학생!] (344~345쪽)

【세 남자의 하우스 포커】

• 야구 모자 사내의 딸은 학교에서 괴롭힘을 당했습니다. 딸을 괴롭히던 아이들은 딸을 옥상 난간 밖에 "항상, 치마와 팬티를 모두 벗겨서 매달아 놓았"(353쪽)는데요. 딸이 죽기 전 마지막으로 남긴 말은 "사진을 지워 달라"(360쪽)였습니다. 야구 모자 사내는 그 사진을 찍은 선생을 찾아 포커 하우스에 갔습니다. 선생은 "떨어진 건 내 잘못이 아니라"(365쪽)며 증거용으로 사진을 찍었다고 말합니다. 여러분은 딸의 죽음에 더 큰 영향을 준 것은 어느 쪽이라고 생각하나요?

> "그 학교 애들 중에, 특히 우리 딸을 괴롭히던 애들이 있었는데, 그 애들이 우리 딸을 학교 옥상 난간 밖으로 거꾸로 매달아놓은 겁니다. 상상이 되십니까? 번지점프처럼, 발목에 줄을 묶어서 대롱대롱 매달아놓은 것이지요."(352쪽)

> "선생. 혹시 내 딸이 죽은 이유가… 선생 때문입니까?"
>
> "아… 아, 아닙니다! 나, 난 구해주려고 했는데… 이, 일단 왕따의 증거를 찍어놔야 하기 때문에! 어어, 맞아, 증거용으로 찍어야 하니까! 난 정말 바로 구해주려고 했어! 떨어진 건 내 잘못이 아니라, 자기가 발버둥을 치다가! 어!" (365쪽)

① 거꾸로 매달아놓은 가해 학생들

② 사진을 찍은 학교 선생님

【심심풀이 김남우】

• 눈을 감고 "심심하다"라고 말한 사람들은 김남우의 시야를 공유하게 됩니다. 사람들은 "김남우를 신기한 동물처럼 취급"(378쪽)하며 그의 "일거수일투족을 보며 평가"(378쪽)해댑니다. 모든 생활에 간섭하려 들고, 평가하려 드는 사람들은 "김남우를 미치기 직전까지 몰아붙였"(379쪽)는데요. 여러분은 한 개인의 사생활을 방송 보듯이 즐기는 이들을 어떻게 보았나요?

[어? 소리도 들리지 않냐?]

[정말이다! 보는 것 말고, 이젠 소리도 들린다!]

[야, 지금 김남우 엄청 욕하고 있어.]

[김남우, 참 불쌍합니다. 사람이 프라이버시란 게 있는데, 진짜 그만 훔쳐봐야 하는 거 아닙니까?]

[여기서는 착한 척 안 본다고 해놓고, 사람들 다 심심할 때마다 몰래 볼 듯ㅋㅋㅋ 이젠 소리까지 들리는데, 더 리얼해졌네ㅋㅋㅋ]
(379~380쪽)

• 처음에는 김남우의 시야만 사람들과 공유되지만, 점차 청각, 후각, 미각, 촉각까지 공유하게 됩니다. 사람들은 두 가지 인생을 즐기듯 심심할 때마다 김남우에게 접속합니다. 김남우도 "자신의 일상을 사람들에게 기꺼이 제공"했는데요. 사람들은 "마치 재밌던 게임이 크게 업데이트된 것"(382쪽)처럼 기뻐했습니다. 김남우도 기뻐합니다. 크게 웃으며 옥탑방 문을 열고 옥상 밖으로 몸을 던지는데요. 여러분은 이 장면을 어떻게 보셨나요?

> 사람들은 보았다. 빠르게 회전하는 세상을.
> 사람들은 들었다. 귀를 찢을 듯한 바람 소리를.
> 사람들은 맡았다. 어딘지, 화약 같은 냄새를.
> 사람들은 느꼈다. 머리가 터져나가는, 아픔을.
>
> 전 세계에서 비명이 터져 나왔다. 구역질이 터져 나왔다. 죄책감을 닮은 마음도 조금은, 나왔다.
>
> "…"
>
> 김남우의 두 눈이 드디어, 혼자만의 땅을 보게 되었다. 김남우는 웃었다. 이 땅바닥은 나만 볼 수 있어!
> 만족스럽게 김남우의 두 눈이 감겼다. (383~384쪽)

【가족과 꿈의 경계에서】

• 장진주는 "평행 우주의 다른 지구에서 차원을 건너"(387쪽)온 아빠를 만나게 됩니다. 그는 그곳은 모든 게 지구와 똑같지만 장진주가 존재하지 않는다고 알려줍니다. 아빠는 다른 차원의 세계에서 장진주의 엄마가 그녀를 유산시킨 이야기를 해주는데요. 여러분은 장진주의 아빠를 어떻게 보셨나요?

"그래… 여기선 좋은 엄마구나… 넌 모르겠지만, 엄마는 너를 지우고 싶어 했어. 난 반대했지. 제발 아이는 지우지 말자고 무릎까지 꿇고 빌었어. 알았다고 하더구나. 그래서 그런 줄로만 믿었는데… 내가 없을 때, 엄마는 자해로 인공유산을 했단다."

"아…"

그때를 떠올리는 아빠의 얼굴이 슬픔과 분노로 뜨거워졌다.

"그때의 충격으로 네 엄마는 다신 임신을 하지 못하는 몸이 됐어… 그래, 영화엔 출연했지. 일도 잘 풀렸어. 축하할 만해! 근데 그 대가로 다시는 너를 볼 수 없게 되었어. 넌 이해할 수 있어? 너를 희생해서 꿈을 이룬 그 여자를 이해할 수 있어?"(390쪽)

• 다른 차원에서 온 장진주의 아빠는 엄마가 유산한 뒤로 자신의 인생이 끝났다고 말합니다. "매일 술이나 마시고, 경마장이나 다니고, 일도 안 하고 쓰레기처럼 살았"(407쪽)다고 하는데요. 17년 전 엄마가 다른 선택을 했다면 "우리 가족은 지금 어떻게 되어 있을까?"라는 아빠에게 딸은 "아빠는 여기나, 거기나 똑같다."(408쪽)고 말해줍니다. 장진주는 "아빠 인생은 아빠가 결정한 거"(409쪽)라고 하는데요. 여러분은 장진주의 말을 어떻게 보셨나요?

"우리 엄마랑 여기 엄마는 너무 달랐어. 여기 엄마가 더 예쁘고, 더 우아하고, 더 행복하고… 근데."

(중략)

아빠의 얼굴이 멍해졌다.

"아빠는 여기나, 거기나 똑같아. 매일 술만 마시고, 도박이나 하고, 엄마만 고생시키고… 정말 못난 아빠야."

"뭐?"

흔들리는 아빠의 얼굴을 장진주는 똑바로 바라보며 말했다.

"엄마 때문이라고만 생각하진 마. 아빠 인생이 지금 그런 건… 모두 다 엄마 잘못만은 아니야. 아빠는 원래… 원래 그런 사람이니까." (408쪽)

양심 고백

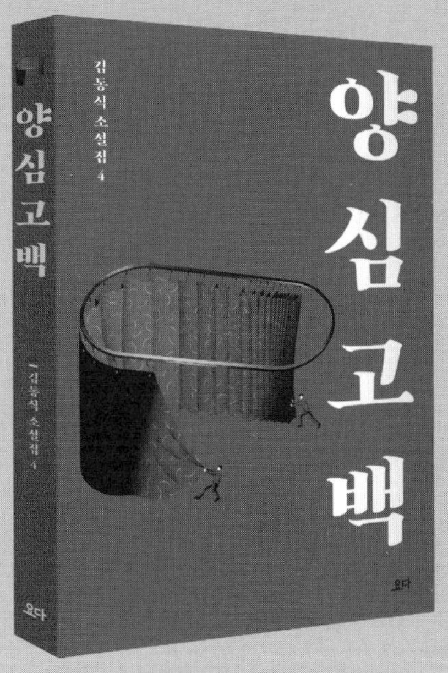

• 소설집 『양심 고백』은 '오늘의 유머' 공포게시판에서 네티즌들의 많은 호응을 얻은 이야기를 묶은 작품입니다. 글쓰기를 전혀 배우지 않은 작가 김동식이 독자들과 댓글로 소통하며 쓴 책으로 화제를 모았습니다. 여러분은 이 책을 어떻게 읽으셨나요? 별점과 소감을 나눠 봅시다.

별점(1~5점) : ☆☆☆☆☆

읽은 소감 :

• 『양심 고백』은 표제작 「양심 고백」 외 25편의 단편을 싣고 있습니다. 인상 깊게 읽은 단편이 있다면 소개해봅시다.

1. 인간 평점의 세상
2. 시험 성적을 한 번에 올리는 비법
3. 톡 쏘는 맛
4. 레버를 돌리는 인간들
5. 재능을 교환해주는 가게
6. 서울숲 게임
7. 세 여배우의 몰락
8. 노인의 손바닥 안에서
9. 가챠!
10. 다시 시작
11. 말더듬이 소년의 꿈
12. 카운트다운
13. 인간을 파시오
14. 영혼 인간
15. 양심 고백
16. 개인 감옥
17. 단체 감옥
18. 똑똑한 살인 청부업자
19. 소녀의 선택
20. 평점 10점
21. 동물 학대인가, 동물 학대가 아닌가?
22. 가진 자들의 공중전화 부스
23. 두 여학생 이야기
24. 보기 싫은 버릇
25. 대단한 빌머 이야기
26. 자살하러 가는 길에

작품별 논제

【인간 평점의 세상】

• 한 예능 프로에서 여름 특집으로 무서운 악마에 대한 랭킹을 매깁니다. 꼴등으로 뽑힌 악마가 화가 나서 "평가하기 좋아하는 너희 인간에게 똑같이 되돌려주마!"(7쪽)라며 저주를 내리고 사라집니다. 그 후로 사람이 죽을 때마다 머리 위에 커다란 숫자 하나가 떠오르는데요. "훌륭한 사람일수록 숫자가 10에 가까웠"고 "극악무도한 범죄자가 사형당할 때 1점"(8쪽)이 나타납니다. "대부분의 사람은 죽음 뒤의 평점을 두려워"해서 "평소 행실을 신경 쓰고, 조금이라도 모범적으로 행동하려"(9쪽) 하는데요. 여러분은 평점을 두려워하는 인간들을 어떻게 보셨나요?

> 평점을 숨기고 싶어도 숨길 수가 없었다. 거짓말을 하려 해도 어찌 된 일인지 입에서 나오질 않았고, 죽은 사람의 사진 위에도 평점이 보였기 때문이다.
>
> 당장 장례식장의 풍경이 바뀌었다. 높은 평점이 나온 집안에서는 자랑스럽게 고인의 사진을 공개했다. 9점만 되어도 극찬이 쏟아졌다. 반면 사진 없이 장례식을 치르거나, 아예 장례식을 치르지 않는 곳도 있었다. 그 모습을 본 집안의 어른들은 가문의 수치가 되지 않기 위해 스스로를 점검했다. 평소 행실을 신경 쓰고, 조금이라도 모범적으로 행동하려 했다. (9쪽)

• 죽을 때 사람에게 평점이 매겨지는 저주를 내린 꼴등 악마는 세상이 "겉으로 보기에 확실히 더 좋아졌다"(10쪽)면서 어이없어 합니다. 이를 본 1등 악마는 방법이 잘못됐다면서, 인류에게 걸었던 저주를 바꾸는데요. 그 후로 인간은 죽을 때 평가받는 것이 아니라 태어날 때부터 미리 정해진 평점을 받게 됩니다. 소설은 이후로 펼쳐진 인류의 반응에 감탄을 금치 못하는 꼴등 악마의 읊조림으로 끝이 나는데요. 여러분은 소설에서 그려지지 않은 '인류의 반응'을 어떻게 예상하시나요?

1등 악마는 꼴등 악마가 인류에게 걸었던 저주를 아주 간단하게 바꿔버렸다.

그 이후, 인간은 죽을 때 평가받지 않았다. 그 대신, 태어날 때 평점을 받고 태어났다. 10점짜리 아기, 5점짜리 아기, 1점짜리 아기…

이후로 펼쳐진 인류의 반응에 꼴등 악마는 감탄을 금치 못했다. 확실히 1등 악마가 다르긴 다르구나. (10쪽)

【시험 성적을 한 번에 올리는 비법】

• A군은 늘 평균 이하의 성적을 유지하던 B군이 갑자기 전교권에 들어가자 어떻게 성적을 올렸는지 궁금해 합니다. B군은 "입안에 뭔가를 넣으면 그 사물이 담고 있는 지식을 머릿속에 그대로 옮겨주"(16쪽)는 지혜의 신, 원숭이 조각이 있는 동굴로 A군을 데려갑니다. 이어 반드시 원숭이 입안으로 성금을 내야 하며 횟수를 거듭할수록 성금도 2배씩 늘어난다고 설명하는데요. B군은 성금이 "100만 원도 넘어서 요즘엔 이 조각을 못 쓰고 있어"(16쪽)라고 덧붙입니다. A군은 열심히 성금을 내며 원숭이 조각에 의지해 수능을 완벽하게 준비하지만, B군의 계략에 넘어가 결국 지식뿐만 아니라 몸까지도 뺏기고 맙니다. 여러분은 이 장면을 어떻게 보셨나요?

"야, 근데… 내가 전에 한번 다람쥐를 넣어본 적이 있거든? 어떻게 됐는지 알아?"

"응?"

"글쎄, 다람쥐의 모든 지식이 나한테 전해지더라고. 먹이를 찾는 방법부터 그걸 저장하는 방법, 천적을 피하는 방법까지 모든 게 말이야. 정말 신기한 경험이었어." (19쪽)

B군이 A군을 강하게 밀었다. 아차 하는 순간 원숭이의 입안으로 굴러떨어지는 A군.

곧바로 B군의 눈이 감기고, 10초간 새로운 지식이 전해져왔다. 완벽하게 수능 준비를 끝낸 A군의 지식이. (20쪽)

【톡 쏘는 맛】

• 값싼 인력을 구하기 위해 외계인이 지구에 찾아옵니다. 그는 "우리 회사는 어린아이든 노인이든 장애인이든, 버튼만 누를 수 있으면 누구나 입사"(23쪽)할 수 있다고 하는데요. 대신 일이 쉬운 만큼 최저임금밖에는 줄 수 없다고 덧붙입니다. 노는 것보다는 낫겠다는 생각에 취업한 이들의 긍정적인 경험담이 퍼지자 사람들은 외계인 회사로 몰려듭니다. 최저임금, 외계 기업을 하찮게 여기는 사회 분위기가 형성되지만, "스트레스를 받아가면서 돈 좀 더 버느니, 차라리 버튼이나 누르는 게 낫지"(28쪽)라며 많은 사람들이 외계인 회사에 남는데요. 여러분은 최저임금을 받으면서도 외계인 회사를 다니는 사람들의 선택에 공감하시나요?

외계 기업을 하찮게 여기는 사회 분위기도 생겼다. 외계 기업보다 임금이 싼 일들은 모조리 사라졌고, 편의점 아르바이트만 해도 최소한 최저 시급의 1.5배 이상은 받는 세상이 됐으니까.

그럼에도 불구하고 외계 기업에서 일하는 사람들은 여전히 많았다. 일이 편했기 때문이다.

"그 스트레스를 받아가면서 돈 좀 더 버느니, 차라리 버튼이나 누르는 게 낫지."

"6시면 무조건 칼퇴근이잖아. 저녁이 없던 생활보다 훨씬 만족도가 높아."

"난 돈을 세 배 더 준다고 해도 전 직장으로 돌아갈 생각 없어!"

(27~28쪽)

[사람이 최저임금만으로 어떻게 먹고삽니까? 외계 기업은 그저 정식으로 취업하기 전의 부업에 불과합니다! 진짜 일을 합시다!] (30쪽)

① 공감한다.

② 공감하기 어렵다.

• 외계 기업이 등장한 후로 "세상에 극빈곤층이 사라졌고, 노동의 가치가 제대로 인정받기 시작"(30쪽)합니다. 이들을 적대하던 한 대기업은 그동안 외계 기업이 직원들에게 제공한 식사에 "지구에 존재하지 않는 물질이 음식에 포함되어 있"(30쪽)다고 폭로합니다. 진실을 요구하는 목소리에 외계 기업은 "직원들이 늙어서 은퇴하지 못하도록" 식사에 노화 방지제를 넣었다며 "죽을죄를 지은 것처럼 사죄"(31~32쪽)합니다. 이를 본 사람들은 당황하며 도무지 이해하지 못하겠다는 반응을 보입니다. 여러분은 사람들의 이런 태도를 어떻게 보셨나요?

그러고 보니 확실히, 지난 5년간 외계 회사에 다녔던 이들은 유난히 늙지 않았다.

외계인들은 정말로 죄송한 듯 몇 번이나 사과했다. 사람들은 도대체 어떤 반응을 보여야 할지 알 수 없었다. 죽을죄를 지은 것처럼 사죄하는 외계인들의 모습에 당황스러웠다. 두려워하며 벌벌 떠는 그 모습이 도무지 이해가 안 갔다.

사람들이 알 수 있는 건, 이제 인류의 기업들은 큰일 났다는 것 정도였다. (32쪽)

【레버를 돌리는 인간들】

• 자고 일어났더니 전 인류의 손등에 레버가 생겨납니다. 외계인이 지구에 남기고 간 이 선물은 시계 방향으로 레버를 돌리면 나이를 먹고, 반대로 돌리면 어려지게 합니다. "시간이 지날수록 사람들 모두 레버 돌리기가 습관"이 됩니다. 아침 출근길 버스나 지하철에서는 온통 레버를 돌리는가 하면, 권력자들은 "영양제까지 맞아가면서 24시간 레버만 돌리고 있다고"(35쪽) 합니다. 소설은 "젊음에 대한 열망은 누구나 강했다"면서 "아무리 경쟁이 심해도, 레버를 안 돌릴 수는 없"(38쪽)는 사람들의 모습을 그리는데요. 여러분은 젊음을 열망하는 사람들의 모습을 어떻게 보셨나요?

> 젊음에 대한 열망은 누구나 강했다. 아무리 경쟁이 심해도, 레버를 안 돌릴 수는 없었다. 당연하지 않은가?
>
> (중략)
>
> 사람들은 시간이 남을 때마다 열심히 레버를 뒤로 돌렸다. 레버를 돌릴 때는 주변이 보이질 않았고, 아무것도 들리지 않았고, 향기를 맡을 수도, 움직일 수도 없었다. 마치 기계처럼 레버만 돌려야 했다.
>
> (중략)
>
> 사람들은 그렇게, 시간을 얻기 위해 시간을 버렸다. (38쪽)

【재능을 교환해주는 가게】

• 김남우는 재능을 거래할 수 있는 가게가 있다는 사실을 친구에게 듣습니다. "웹툰 작가가 되겠다며 어정쩡하게 시간을 보낸 이후, 새로운 것을 시작할 기력이 없었"(41쪽)던 김남우는 가게를 찾아갑니다. 하지만 유리구슬로 알아본 자신의 재능이 '잠자는 것'임을 알게 되자 실망하고 마는데요. 이를 본 가게 직원은 "재능이 있다는 것만으로도 축복받은 겁니다. 그런 재능조차 없는 사람이 얼마나 많은지 아십니까?"라고 정색합니다. 여러분은 직원의 이 말을 어떻게 보셨나요?

김남우는 가슴이 두근거렸다. 그동안 웹툰에 매달린 시간이 헛된 것은 아니었구나!

한데, 사내의 말은 김남우를 당황하게 했다.

"예! 고객님은 잠자는 재능을 가지고 계시네요!"

(중략)

김남우의 표정이 황당하다는 듯 일그러지자, 사내가 정색하며 말했다.

"재능이 있다는 것만으로도 축복받은 겁니다. 그런 재능조차 없는 사람이 얼마나 많은지 아십니까? 저는 재능이 하나도 없습니다." (43쪽)

• 가게에서 재능을 거래하려면 '10년의 법칙'을 충족해야만 합니다. 즉 "무엇이든 10년간 연마하면 그 분야의 전문가가 될 수 있다는 법칙"(42쪽)입니다. 여러분에게도 그러한 재능이 있나요?

장부에 적힌 재능이란 게 하나같이 이상한 재능들이었던 것이다.

라면 물 맞추는 재능.
신발 끈 매듭을 예쁘게 묶는 재능.
사과 껍질을 잘 깎는 재능.
인스턴트커피의 황금 비율을 맞추는 재능.
금을 밟지 않는 재능.

"모두 10년 이상 연마한 전문가들의 재능이지요." (44~45쪽)

• 자신의 재능이 가장 낮은 5등급으로 매겨지자 김남우는 가게에 재능을 맡겨두고 더 높은 등급과 교환하기로 합니다. 4등급의 다트 잘하는 재능, 3등급의 정원수 손질 재능, 2등급의 시계 수선 재능으로 바꿀 기회가 오지만 그는 1등급 재능으로 바꿀 수 있을 때까지 기다리기로 합니다. "직업이 남들에게 어떻게 보이는가가 더 중요했기 때문"(51쪽)인데요. 여러분은 김남우의 이런 태도를 어떻게 보셨나요?

> 김남우는 욕심이 생겼다. 골방에 틀어박혀서 일하는 시계 수선공보다 더 멋있는 직업을 갖고 싶었다.
>
> (중략)
>
> 계속 고민하던 김남우는 결국 도박을 하기로 결심했다. 시계 수선도 좋지만, 그에게는 그 직업이 남들에게 어떻게 보이는가가 더 중요했기 때문이다. (51쪽)

• 재능을 교환해주는 가게의 관리 직원은 김남우에게 재능에도 등급이 있다고 설명합니다. 이어 "등급은 가게의 기준으로 측정되는데, 주로 돈 벌기 쉬운 재능일수록 등급이 높습니다"(45쪽)라고도 하는데요. 만약 여러분이 가게 주인이라면 어떤 기준으로 등급을 매기실 건가요?

"당연히 재능에도 등급이 있습니다. 등급은 이 가게의 기준으로 측정되는데, 주로 돈 벌기 쉬운 재능일수록 등급이 높습니다. 고객님 같은 경우에는 가장 낮은 5등급이라, 같은 5등급끼리만 교환할 수 있는 겁니다." (45쪽)

"그리고 아시다시피, 등급의 기준은 가게가 정합니다. 이 신비로운 가게는 몹시 당연하게도, 가게의 관리직을 아주 높게 평가했습니다. 1등급으로요." (53쪽)

【서울숲 게임】

• 대학교수 김남우는 납치당한 딸을 다시 만나고 싶으면 시키는 대로 하라는 남자의 전화를 받습니다. 그는 딸을 찾고 싶은 '간절함'으로 서울숲을 헤매며 남자의 무리한 게임에 휘말리는데요. 결국 게임에서 지고 만 김남우는 뒤늦게 정체를 밝힌 남자를 보고 분노합니다. 그 남자는 "최선을 다했다는 건 거짓말이다"(77쪽)라는 이유로 김남우 교수가 추천장을 써주지 않은 제자 정재준이었습니다. 그는 "사람이 아무리 간절해도 안 되는 일이 있다"면서 최선을 다했지만, "다른 사람들과 출발선 자체가 달랐을 뿐"(78쪽) 자신이 불공평한 일을 당했다고 주장하는데요. 여러분은 정재준의 주장을 어떻게 보셨나요?

> "그런데 교수님은 왜 지셨죠? 정말로 간절했는데 왜 지셨죠? 딸을 위해 목숨 걸고 최선을 다했는데 왜 지셨느냔 말입니다!"(77쪽)

> "교수님이 틀리셨습니다. 이제 아셨죠? 사람이 아무리 간절해도 안 되는 일이 있다는 걸요. 교수님이 멋대로 판단하셨던 그 시절의 저도 최선을 다해 노력했습니다. 다만 다른 사람들과 출발선 자체가 달랐을 뿐입니다. 교수님이 느꼈던 불공평함처럼 말입니다." (78쪽)

【세 여배우의 몰락】

• 배우 임여우, 장진주, 홍혜화는 영화계의 세계적인 거장 두석규 감독에게 "전 국민을 상대로"(80쪽) 깜짝 놀랄 만한 연기를 보여달라는 제안을 받습니다. 이번 영화의 주인공은 '몰락하는 여배우'이며 가장 열연을 한 배우를 캐스팅하겠다고 약속하는데요. 감독은 보름 뒤엔 이 모든 일이 공개될 테니 뒷일은 안심하라고 하면서 캐스팅이 안 되더라도 "좋은 광고 효과"를 볼 수도 있다고 덧붙입니다. 배우들에게는 "절대 놓치고 싶지 않은 주연이었고, 기회"(81쪽)였기에 갑질 연기, 살인 용의자 연기, 섹스 동영상을 유출시키는데요. 여러분은 감독의 제안을 받아들인 배우들을 어떻게 보셨나요?

> "지금 이 이야기는 모두 녹화되는 중이고, 보름 뒤에 공개할 걸세. 자네들은 보름 동안 대중들 앞에서 연기를 펼쳐보게나. 보름 뒤엔 이 영상이 공개될 테니 뒷일은 안심해도 되네. 어쩌면 좋은 광고 효과도 볼 수 있겠지. 자네들 중에 가장 놀라운 모습을 보여준 사람을 주인공으로 캐스팅하겠네. 어떤가?" (81쪽)

• 배우 임여우의 갑질 동영상이 인터넷을 뜨겁게 달구자 대중은 큰 충격을 받고 임여우를 매섭게 비난합니다. 하지만 임여우가 기자회견을 열고 눈물을 흘리며 해명을 하자 "대중의 여론이 180도 바뀌"(83쪽)며 갑질 피해자인 매니저를 욕하고 임여우를 동정합니다. 곧 매니저가 대중 앞에 나타나 임여우가 보낸 협박 문자를 공개하자 대중은 또다시 임여우에게 비난의 화살을 돌리는데요. "팬카페에는 욕설이 난무했고, 모욕적인 패러디들이 우후죽순 생겨났으며, 그간 찍었던 작품의 평점 테러까지"(84쪽) 일어납니다. 이 모든 것이 오디션이었음이 밝혀지자 사람들은 충격을 받았지만, 한편으로는 감탄을 금치 못합니다. 여러분은 소설 속 대중의 모습을 어떻게 보셨나요?

"너희 임여우 갑질 동영상 봤어? 그년 쓰레기야, 완전!"

"아무리 연예인들이 겉과 속이 다르다지만, 임여우가? 와, 충격적이다."

"자기가 뭐라고 갑질이야? 한물간 배우 주제에!" (82쪽)

"사실이면 그 매니저가 쓰레기네!"

"세상에! 나 같아도 그렇게 때렸겠다!"

"와! 그걸 봐주고 자르지도 않았어? 천사네, 천사야!" (83쪽)

사람들은 충격을 받았지만, 한편으로는 감탄을 금치 못했다. 이러니저러니 해도 거장다운 행보였다. 날이 갈수록 거장 두석규의 차기작에 대한 사람들의 관심도 높아져만 갔다. (89쪽)

【노인의 손바닥 안에서】

• 칵테일바에서 한 노인과 이야기를 나누던 청년은 자신은 '인생 실패자'라면서 고민을 털어놓습니다. "이 나이 먹도록 입에 풀칠할 만한 기술도 없고, 취직도 못 했고, 당연히 모아둔 돈도 없고… 할 줄 아는 거라곤 게임뿐"이라며 "답이 안 나오는 인생 실패자"(92쪽)라고 하는데요. 노인은 "자네가 가진 젊음이 얼마나 큰 가치를 지녔는지"(95쪽) 모른다면서 정말로 최선을 다했느냐고 묻습니다. 여러분은 두 사람의 대화를 어떻게 보셨나요?

> "오늘 대학 동창의 결혼식이 있었습니다. (중략) 남들처럼 부모 잘 만나서 편하게 사는 것도 아니고, 좋은 길로 끌어줄 인맥도 없어요. 외모나 말발이라도 좋으면 몰라, 정말 아무것도 가진 게 없습니다. 답이 안 나오는 인생 실패자죠." (92~93쪽)

> "열심히 사는 사람들은 어제의 기억이 흐리지 않아. 이틀 전도, 사흘 전의 기억도 언제나 분명해. 무엇을 배웠는지, 나가서 뭘 했는지, 뭘 위해서 시간을 투자했는지 똑똑히 기억하지. 자네는 어떤가? TV나 본 기억, 게임이나 한 기억? (중략) 아까운 젊음을 낭비하고 있다는 말일세. 나였다면 절대 그렇게 살지 않아. 자네처럼 노력도 하지 않고 한탄만 한다고 인생이 달라지나?" (94쪽)

• '인생 실패자'라며 좌절하는 청년에게 노인은 200억이 넘는 재산과 젊음을 바꾸자는 제안을 합니다. 청년은 고민 끝에 그 제안을 받아들입니다. '백혼주'를 마시고 청년의 모습을 하게 된 노인은 "나는 이만 가보겠네. 이 젊음이 너무 아까워서 한시라도 낭비하고 싶지 않아"(100쪽)다며 자리를 뜹니다. 노인이 된 청년은 그 뒷모습을 가만히 바라보다가 "내가 다시는 20대랑 인생을 바꾸나 봐! 정말 거지 같은 3년이었다고!"라며 혀를 차는데요. 이어 "저 양반도 곧 현실을 깨닫게 되겠지"(101쪽)라고 말합니다. 여러분은 다시 노인으로 돌아간 청년의 말을 어떻게 보셨나요?

"멍청한 양반 같으니. 한번 살아보라지. 어디 말처럼 쉬운가."

(중략)

"이 양반 재산이 원래 내 재산보다는 적은 것 같지만… 어쩔 수 없지. 그렇게 어영부영 서른 살이 되는 것보다야 훨씬 나으니까."

"축하드립니다."

"축하는 무슨! 내가 다시는 20대랑 인생을 바꾸나 봐! 정말 거지 같은 3년이었다고! 어휴, 안 되는 건 안 돼. 저 양반도 곧 현실을 깨닫게 되겠지." (101쪽)

【가챠!】

• 소년이 사는 세상은 '뽑기'와 '당첨'으로 돌아갑니다. 상품 구매, 버스 좌석, 점심 메뉴 등이 운에 따라 결과가 갈리는데요. 소년은 여자친구에게 선물을 주기 위해 0.005퍼센트의 확률이지만, 5천 원으로 샤넬 명품 가방을 뽑을 수 있는 뽑기에 도전합니다. 이처럼 사람들은 더 좋은 것을 가지기 위해 "연신 재도전"을 합니다. 여러분은 낮은 확률에도 재도전하는 사람들을 어떻게 보셨나요?

화면이 반짝이고, 소년은 환호했다.

기계장치는 소년의 교통 카드를 다시 충전해주었고, 소년은 버스 가장 뒷자리로 향했다. 그곳에는 편안히 누워서 갈 수 있는 침대형 공간이 마련되어 있었는데, 소년은 그곳에 가방을 던져놓고 편안하게 발을 뻗었다.

소년 다음으로 버스에 올라탔던 백발노인은 꼴등에 당첨되었는지, 손잡이를 잡고 서서 갔다.

다음 정거장에서 소년과 같은 교복의 학생이 룰렛을 돌리고, 비어 있던 의자 중 하나로 가 앉았다. (105~106쪽)

[다시 시작]

• 마법사 소년이 인류 앞에 나타나 "자살로 죽는 아이들을 구하기 위해서, 아이들에게 다시 시작할 기회"(114쪽)를 주겠다고 말합니다. 다큰 아이들을 태아로 되돌려 어머니의 배 속에 집어넣겠다는 것인데요. 사람들은 처음엔 반발했지만, 소년의 행동을 '구호 활동'으로 인정하고 긍정적인 반응을 보입니다. 그 후 청소년의 자살률이 폭발적으로 증가하자 사람들은 하루에도 몇 번씩 자살을 생각할 정도로 괴로워하는 아이들이 얼마나 많았는지 깨닫습니다. 하지만 시간이 흐르면서 끔찍한 소문이 돌기 시작합니다. "부모가 자식에게 자살을 권한다는 소문"(119쪽)인데요. 여러분은 부모의 이런 행동을 어떻게 보셨나요?

> 하지만 시간이 흐르자, 세상에 끔찍한 소문이 돌기 시작했다. 부모가 자식에게 자살을 권한다는 소문이었다.
>
> "아들, 자살해. 이번엔 우리가 꼭 제대로 키워줄 테니까! 영어 유치원부터 제대로 시작해서…"
>
> 정말 어디까지나 소문일 뿐일까? (119쪽)

• 마법사 소년이 청소년 자살을 막아내자 부모들은 소년에게 감사의 마음을 느끼고, 배 속 아기를 향해 반성의 눈물을 흘립니다. 사람들은 소년이 세상을 좋게 바꿨다고 생각하지만, 사실과 다르게 "전 세계 청소년들의 자살률이 폭발적으로 증가"합니다. 마법사 소년은 "세상을 바꾼 게 아니라, 드러낸 것"(119쪽)이라며, 사람들은 그동안 어쩔 수 없이 참아야만 했던 아이들의 괴로움을 깨닫게 되는데요. 여러분은 이 장면을 어떻게 보셨나요?

전 세계 청소년들의 자살률이 폭발적으로 증가했다. 마법사 소년이 등장하기 전과는 비교도 안 될 정도로 엄청난 수치였다. 그제야 사람들은 깨달았다. 하루에도 몇 번씩 자살 생각을 할 정도로 괴로워하는 아이들이 세상에 얼마나 많았는지, 그동안 어쩔 수 없이 참아야만 했던 아이들이 얼마나 많았는지 말이다.

마법사 소년은 바꾼 게 아니라, 드러낸 것이었다.

전 세계적으로 새롭게 임신하는 부모들이 엄청나게 늘어났고, 그 사태를 반성하는 목소리도 점점 커져갔다. '아이를 위해서'라는 말로 포장되었던 민낯이 드러났다. (119쪽)

【말더듬이 소년의 꿈】

• 중학생 김남우는 과도한 영어 조기교육 탓에 말을 더듬습니다. 아이들에게 놀림을 받는 것도 괴롭고 입을 여는 것도 두려워 "사는 게 싫을 지경"(121쪽)입니다. 성우로 활동하는 최무정은 그런 김남우에게 말더듬증을 고치는 방법을 알려줍니다. 성우계의 '천의 목소리'라는 계보를 물려받는 것인데요. 하지만 김남우의 부모는 성우가 아니라 공부를 해야 한다면서, 최무정에게 더 이상 김남우 일에 관여하지 말아달라고 부탁합니다. 여러분은 부모의 이런 행동을 어떻게 보셨나요?

[남우가 잘하고 있다죠? 저는 남우가 해낼 줄 알았습니다. 지금은 제 말을 믿기 힘드시겠지만, 내일이 되면 부모님도 알게 되실 겁니다. 남우는 이제 말더듬증을 완벽하게 고치는 것뿐만 아니라, 천의 목소리를 가진 최고의 성우가 될 겁니다.]

[그것 때문에 왔습니다. 우리 남우는 괜찮으니까 하지 마세요.]

[네? 아니, 그게 무슨… 저기, 제 말을 믿기 힘드신 건 알겠지만, 일단 내일 남우의 말더듬증이 완벽하게 고쳐지는 것을 보시면…]

[아뇨. 우리 남우는 공부해야 해요. 성우 같은 거 하면 안 돼요.] (128쪽)

• 남우는 성우 최무정을 롤모델 삼아 말더듬증을 고치려고 열심히 노력합니다. 최무정은 그런 남우를 후계자로 삼고 자신의 목소리를 물려주려고 하는데요. 남우는 일주일 동안 말 한마디도 하지 않는 힘든 테스트를 통과하고 후계자 자격을 얻습니다. 하지만 남우의 부모가 찾아와 남우에게 공부를 시켜야 하니 더 이상 관여하지 말아달라고 하는데요. 최무정은 부모의 말대로 "다 거짓말"(127쪽)이었다며 김남우를 집으로 돌려보냅니다. 여러분은 남우에게 거짓말을 한 최무정의 행동에 공감하시나요?

"네가 실패할 줄 알고 거짓말을 했어. 미안하다…"

최무정의 얼굴을 바라보는 김남우의 얼굴이 분노로 부들부들 떨렸다.

"그, 그, 그게 저, 정말이에요?"
"미안하다…."

순식간에 시뻘게진 눈으로 눈물을 흘리던 김남우는, 마구잡이로 악을 쓰다가 학원을 뛰쳐나갔다. 남겨진 최무정은 씁쓸한 얼굴로 문만 바라보았다.

그는 어젯밤의 일을 떠올렸다. 김남우의 부모님이 찾아왔을 때의 일을.

(중략)

최무정은 김남우를 걱정하며 한숨을 내쉬었다. 과연 그 아이의

말더듬증이 쉽게 고쳐질 수 있을까… (127~128쪽)

① 공감한다.

② 공감하기 어렵다.

【영혼 인간】

• 공 박사는 외계인이 주고 간 '영혼의 구'를 이용해 영혼을 형상화하는 방법과, 형상화된 영혼을 에너지화하는 방법을 알아내야 하는 임무를 맡습니다. 온갖 방법을 다 시도해봤지만 실패하자, 공 박사는 정부에게 사형수를 지원해줄 것을 요청합니다. "실험에 사람의 목숨을 이용한다는 얘기가 퍼지면"(151쪽) 여론이 좋지 않을 거라는 관계자 말에, 공 박사는 "어차피 사형당할 사람들인데 인류를 위해 희생할 수 있다면 그들에게도 좋은 거 아닙니까?"(155쪽)라고 반문합니다. 여러분은 공 박사의 이런 주장을 어떻게 보셨나요?

> "안녕하십니까, 실험자 님. 저는 영혼의 구 프로젝트를 책임지고 있는 공 박사라 합니다. 자발적으로 지원을 하셨다고 들었습니다만…"
> "뭐? 무슨…"
> "분명 가족에게 보상금을 남기시는 조건으로."
> "아! 아… 아…" (152쪽)

> "인류를 위해서입니다! 인류를 위해서! 어차피 사형당할 사람들인데 인류를 위해 희생할 수 있다면 그들에게도 좋은 거 아닙니까? 아무튼 최대한 빨리 보내주십시오. 최대한 빠르게, 최대한 많이." (155쪽)

• 공 박사의 노력에도 불구하고 '영혼의 구' 사용법을 알아내지 못합니다. 연구원들은 다시 지구를 찾아온 외계인에게 방법을 묻는데요. 외계인은 "사용법은 간단하다. 그냥 바라면 된다"라고 대답합니다. 연구원들은 그것 또한 시도해봤지만 되지 않았다면서 "바란다는 게 정확히 어떤 의미"(159쪽)인지 알려달라고 합니다. 이에 외계인은 "설마, 모든 인간이 영혼을 가지고 있을 거라 생각했나? 너희는 영혼이 없지 않나"(160쪽)라는 충격적인 말을 하는데요. 여러분은 외계인의 말을 어떻게 보셨나요?

[설마, 모든 인간이 영혼을 가지고 있을 거라 생각했나? 너희는 영혼이 없지 않나.]

"..."

순간, 연구원들의 표정이 멍해졌다. 개중 가장 먼저 정신을 차린 한 명이 덜덜 떨며 물었다.

"무슨 말이야? 여, 영혼이 없다고? 내가? 그럼 나는 뭔데? 나는 뭐란 말이야?"

외계인은 친절히도, 질문에 꼬박꼬박 대답해줬다.

[유기물 집합체.] (160쪽)

• 영혼이 없을 수도 있다는 사실은 인류를 충격에 빠트립니다. 영혼을 가진 인류의 10퍼센트는 대다수 유기물 집합체들의 부러움과 질투를 받습니다. 영혼을 증명한 사람들은 일종의 '특권 의식'을 가지고 그들끼리 뭉치기 시작하는데요. 이에 절대다수의 인류는 "영혼이 있는 자들은 영혼 에너지를 제공하는 것 이외의 다른 직업을 절대 가질 수 없다!"고 압박하기 시작합니다. "영혼 있는 자들은 극구 반대했지만, 다수를 이길 순 없었"(163쪽)는데요. 여러분은 소설 속 '절대 다수'의 행동을 어떻게 보셨나요?

절대다수의 인류는 영혼 있는 이들을 압박했다. 명분은 고차원 영혼 에너지. 영혼의 구를 이용한 에너지원 연구를 해야 하니까, 강제로 협조하란 것이었다. (162쪽)

[영혼이 있는 자들은 영혼 에너지를 제공하는 것 이외의 다른 직업을 절대 가질 수 없다!]

당연히 영혼 있는 자들은 극구 반대했지만, 다수를 이길 순 없었다. 영혼이 없어도 법안에 찬성표는 던질 수 있었으니까. 영혼이 있다는 이유만으로 특권을 누렸던 그들은, 한순간에 인간 에너지로 전락해버리고 말았다. 그들은 아무리 원해도 가수가 될 수 없었고, 요리사가 될 수 없었고, 선생님이 될 수 없었다. 오직 하나, 영혼을 형상화해 에너지를 제공하는 일밖에는. (163쪽)

【양심 고백】

• 유명 스마트폰 회사의 직원이 신빙성 있는 자료와 함께 양심 고백을 합니다. 회사가 새로운 제품을 팔기 위해 스마트폰 기계의 수명을 2년에 맞춰놓았다는 것입니다. 이 고백을 시작으로 여기저기서 또 다른 양심 고백자가 나타나기 시작합니다. 라면, 장난감, 의류 등 분야를 가리지 않고 양심 고백 릴레이가 이어지는데요. 사람들은 "거액의 손해배상 소송을 감수하고 나서는 그들의 의도"(168쪽)를 궁금해합니다. 시간이 지날수록 양심 고백 수위는 점점 높아지고 도를 넘어서기까지 하는데요. 여러분은 소설에서 그리는 양심 고백 릴레이를 어떻게 보셨나요?

[지난 며칠간 이어진 양심 고백들이 진짜라고 증명된 것은 아닙니다. 모두 개인의 주장으로, 아직 사실관계가 명확히 증명되지 않았습니다. 반면 각 기업에서는 입증된 반박 자료를 속속들이 내놓고 있으며…]

(중략)

[지난 며칠간 이어진 미스터리한 양심 고백 사태의 원인은 무엇일까요? 일명 양심 고백자들도 자신들이 왜 양심 고백을 했는지 설명하지 못하고 있습니다. 왜 그들은 갑자기 양심 고백을 하게 된 걸까요? 전문가의 의견이 분분한 가운데…]

확실히, 사람들 모두 궁금해하는 화제였다. 도대체 왜 이런 양심 고백 릴레이가 이어지는 걸까? 각종 음모론을 떠들기에 너무 좋은 소재였다. (170쪽)

【소녀의 선택】

• 끔찍한 학교 폭력을 당한 소녀에게 가해자의 부모가 계속 찾아와 "합의를 요구"(213쪽)합니다. "처음엔 저자세"였던 그들은 "점차 자신들이 피해자인양 억울해하고" 급기야 화를 내는데요. 그들의 행동은 소녀의 가족을 분노케 했지만 "유능해 보이는 변호사에, 미성년자에, 초범에, 탄원서에, 처벌 수위까지."(214쪽) 모든 상황이 힘 빠지게 합니다. 여러분은 이 상황을 어떻게 보셨나요?

> "기어이 그 아이 인생을 망가뜨리겠다, 이거죠? 그래야 속이 풀린다. 이거죠!"
>
> "우리 집안이 어떤 집안인지 모르시나 본데, 좋습니다. 이제 이렇게 사과하러 찾아오지 않을 겁니다. 변호사 보낼 테니까 한번 들어보시죠. 그러면 합의가 훨씬 낫다는 걸 알게 될 겁니다."
>
> (중략)
>
> 고소를 취하할까? 취하하지 말까? 카페에서 두 가지 선택지를 받은 이후로 소녀는 한마디도 하지 않았다. 밥 먹을 때도 누워 있을 때도, 치료받을 때도, 전혀 말을 하지 않았다. (214~215쪽)

• 검은색 깔끔한 정장에 서류가방, 냉혈한 같은 차가운 외모의 사내는 학교 폭력을 당한 소녀에게 '조건부 살인 청부'를 제안합니다. "고소를 취하하면 타겟을 죽이고, 취하하지 않으면 죽이지 않겠습니다"(218쪽)라며 어떤 것을 선택해도 만족스러울 거라고 덧붙입니다. 소녀는 그동안 자신이 당해온 끔찍한 폭력을 떠올리고는 고소 취하를 선택합니다. 여러분은 소녀의 선택에 공감하시나요?

> 소녀는 고민했다. 자신을 괴롭히던 가해자의 웃음이 생생하게 떠올랐다. 강제로 벌레를 먹이고, 오줌을 뿌리고, 속옷을 벗기고…
>
> 도저히 결정할 수 없었다. 소녀는 아무 말도 하지 않았다. (215쪽)

> 소녀는 고민했다. 죽을 뻔했던 그날의 공포가 생생하게 떠올랐다. 감히 반항했다고 방망이로 두들겨 맞고, 계단에서 구르고, 머리가 찢어지고…
>
> 소녀는 아무 말도 하지 않았다. 속으로 끊임없이 고민했다. 가족의 말을 따르는 게 좋을까? (216쪽)

① 공감한다.

② 공감하기 어렵다.

【평점 10점】

• 점수가 짜기로 유명한 영화평론가가 있습니다. 하지만 1점을 준 적은 없다고 하는데요. 그렇다고 10점을 준 적도 없습니다. 그의 평점은 사사로운 감정이 들어가지 않아 객관적이기로 유명했고, 많은 사람들이 신뢰했습니다. 그는 항상 "극단적인 평점은 대상보다 나를 드러내기 위한 도구다. 평점에서 평론가는 보이지 않아야 한다"(219쪽)고 말했는데요. 또한 "평론에 영향을 줄까봐 그 누구와도 친분을 쌓지 않"(219쪽)는데요. 여러분은 영화 평론가의 이런 태도에 공감하시나요?

> 그는 평생 10점을 준 적도 없다. 그의 평점은 사사로운 감정이 들어가지 않아 객관적이기로 유명했고, 많은 사람이 신뢰했다. 평론가로서의 명성이 국내에서 세 손가락 안에는 들었다. 하지만 그는 불행했다. 심각한 우울증이다.
>
> 그는 주변에 사람이 없다. 완벽주의자인 그는 평론에 영향을 줄까 봐 그 누구와도 친분을 쌓지 않았다. 가족과도 사이가 나빴다. 부모님과 연락을 안 한 지가 벌써 몇 년째다. 또 그는 무성욕자다. 그는 평생 누군가를 사랑해본 적이 없다. 만성 불면증에다 미식을 모르고, 목표도 없다. (219~220쪽)

① 공감한다.

② 공감하기 어렵다.

• 심각한 우울증을 앓고 있는 영화평론가는 매일 죽고 싶다는 생각을 합니다. 하지만 10점짜리 작품이 나오지 않아서 죽지를 못한다고 하는데요. 그는 기대작이 개봉될 때마다 "제발 이번엔 죽을 수 있기를"(220쪽) 기도하지만 어떤 방법으로도 10점을 매길 수 없다는 것을 알고 자살을 감행하는데요. 그는 수면제로 정신을 잃어가면서도 온통 평점 생각뿐이었습니다. 결국 스스로 119에 자살 중이라고 신고를 합니다. 병원에서 깨어난 평론가는 의사에게, 어릴 적 가정사와 트라우마 등 자신이 정말 원하는 건 죽음이라고 하는데요. 하지만 자신이 자살을 하지 못하는 건 "평점 10점"(224쪽) 때문이라고 합니다. 그러자 의사는 그가 평점 10점을 주지 못하는 이유가 "단 한 번도, 진실로 원하던 칭찬을 받아본 적 없었"기 때문이라고 진단하는데요. 여러분은 의사의 이 말을 어떻게 생각하나요?

"선생님은 그동안 핑계를 댄 겁니다. 평점에 평론가가 드러나지 않아야 해서 10점을 못 준 게 아닙니다. 선생님이 10점을 못 준 이유는 아까워서입니다."

"…"

"부모님은 평생 단 한 번도 선생님을 칭찬해준 적이 없습니다. 선생님은 살면서 단 한 번도, 진실로 원하던 칭찬을 받아본 적이 없는 겁니다. 대중들의 칭찬으로는 그 마음이 채워지지 않습니다. 그래서 항상 우울하고 죽고 싶은 겁니다. 그런데 남들에게 만점을 준다? 난 한번도 가진 적 없는데? 억울하죠. 아깝죠. 싫죠. 그게 선생님의 본심입니다."(225쪽)

• 자살을 하고 싶지만 평점 10점을 주지 못해 죽지 못하는 평론가에게 의사는 "환자분의 목숨을 구해주는 것이 당연한 제 일입니다. 하지만 환자분의 진정한 바람을 돕는 것도 제 목표입니다"(225쪽)라며 내기를 제안합니다. 아까워서 10점을 주지 못하는 남자가 평점 10점을 줄 수 있는 방법은 자신의 이야기를 영화로 만드는 것뿐이라는데요. 그러면서 "선생님의 영화에 다른 사람들이 평점 10점을 준다면, 자살하지 마세요"(226쪽)라고 덧붙입니다. 여러분은 이런 의사의 제안을 어떻게 보셨나요?

"선생님은 남들에게는 아까워서 10점을 주지 못 합니다. 그러니까 죽기 전에 평점 10점을 주고 싶다면 그 방법밖에 없습니다."

"…"

"선생님의 이야기는 무척 흥미롭습니다. 시나리오를 만든다면 충분히 영화로 제작될 수 있다고 생각합니다. 그러니까 저와 내기합시다. 만약 선생님의 영화에 다른 사람들이 평점 10점을 준다면, 자살하지 마세요. 그 사람들에게 마음을 열어주세요."

"…"

그는 인사조차 하지 않고 병원을 나섰다. 황당한 이야기였다. 의사가 현실감각이 없다고 생각했다. 영화란 그렇게 간단한 게 아니다. 자신은 영화의 주인공감이 아니었다. (226쪽)

【동물 학대인가, 동물학대가 아닌가?】

• 삼성이라는 기업에서 반려동물 치료비를 전액 지원하는 '반려동물 보험 서비스'를 내놓았습니다. 이 보험은 형편이 어려워 반려동물의 치료비를 마련하지 못하는 이들에게 도움을 주는데요. 보험의 가입 조건은 반려동물의 울음소리를 '삼성'으로 바꾸는 시술을 받는 것입니다. 이에 대해 울음소리 개조를 법적으로 금지해야 한다는 입장과 울음소리를 바꾸는 것만으로 생명을 구할 수 있다면 시술은 얼마든지 가능하다는 입장으로 여론이 나뉘는데요. 만약 여러분이라면 '반려동물 보험 서비스'에 가입하시겠습니까?

"금지할 이유가 없습니다. 정당한 값을 치른 정당한 광고입니다. 게다가 광고가 붙더라도, 삼성이 하는 일이 좋은 일인 건 분명하지 않습니까? 목적 있는 기부여도 그조차 안 하는 사람들보다 백배 천배 나은 법입니다."

(중략)

"이건 생명 윤리의 문제입니다! 동물이 울음소리를 인간의 기술로 개조한다는 게 말이나 됩니까? 인간이 신이라도 된단 말입니까? (234쪽)

"이미 울음소리를 빼앗은 것만으로도 해를 입힌 겁니다! 반려동물에게도 존엄성이란 게 있습니다!" (235쪽)

"뭐든지 허용해서는 안 되겠지요. 하지만 이 정도는 괜찮습니다. 울음소리를 바꾸는 것만으로 생명을 구할 수 있다면 이런 시술은 얼마든지 가능하다고 생각합니다. 아시겠지만, 죽으면 울 수도 없으니까요."(236쪽)

① 가입한다.

② 가입하지 않는다.

【가진 자들의 공중전화 부스】

• 전 세계의 하늘에서 공중전화 부스가 낙하합니다. 처음에는 이 부스의 정체를 알 수 없었지만, 뜻밖에 아프리카 오지 작은 마을에서 부스 안에 고기를 넣어두면 상하지 않는다는 사실을 발견하게 됩니다. 이에 관련 연구를 하면서, 부스 안에서는 "현재 상태를 영원히 유지할 수 있다"(240쪽)는 것을 알게 됩니다. 이런 부스의 사용은 가진 자들의 몫이었는데요. 그들은 대부분의 시간을 부스 안에서 보냅니다. 심지어 외출마저도 부스를 운반하는 형식으로, 늙는 것을 최대한 피하려 하는데요. 여러분은 모든 생활을 부스 안에서 해결하려는 이들을 어떻게 보셨나요?

가진 자들은 대부분의 시간을 부스 안에서 보냈다. 식사, 업무, 잠, 심지어는 외출마저도 부스를 운반하는 형식으로 이루어졌다. 늙는 것을 최대한 피하려 아등바등하는 그들의 모습은 사람들에게 혐오감을 불러일으켰다.

"저것들은 진짜 영원히 살기라도 할 생각인가?"

"추하다, 추해! 저렇게 살아서 뭐 한다고, 나 참!"

"가진 게 많으니 저러는 게지! 얼마나 좋겠어? 저 부스만 있으면 영원히 권력을 누릴 수 있는데!" (241~242쪽)

[두 여학생 이야기]

• 임여우 선생님은 학생들이 무서운 이야기를 해달라고 하자 자신의 학창 시절 이야기를 들려줍니다. 고 2때 사이가 좋지 않은 부모님으로 인해 엄마가 떠나버리면 어떡하나 걱정을 했다고 합니다. 엄마는 여우가 전교 1등을 하면 떠나지 않겠다고 말했다는데요. 그 후, 임여우는 전교 1등인 홍혜화를 찾아가 도움을 요청하고 열심히 공부했습니다. 그리고 혜화는 일부러 몇 문제를 틀려 1등을 양보하겠다고 약속을 했는데요. 하지만 결국 혜화를 이기지 못하고 2등을 하게 됩니다. 전교 2등 성적표를 들고 엄마한테 매달리며 다음에 꼭 1등을 할 테니 제발 떠나지 말았으면 한다고 말합니다. 이에 엄마는 "너도 마음만 먹으며 이렇게 잘 할 수 있잖니"라며, 그동안 아빠와 연기를 해 왔다고 고백합니다. 임여우 선생님은 이 이야기를 아이들에게 들려주며 "홍혜화 같은 사람이 되는 건 괜찮아. 우리 부모님 같은 부모는, 절대 되지 마."(254쪽)라고 하는데요. 여러분은 임여우 선생님의 이 말을 어떻게 생각하나요?

"아빠가 바람을 피웠단 것도, 매일매일 소리치며 싸웠던 것도, 이혼을 하고서 집을 나가겠다는 것도… 모두 연기였어."

[아이고, 전교 2등도 너무 잘했어. 우리 딸!]

[그것 봐! 너도 마음만 먹으면 이렇게 잘 할 수 있잖니? 엄마는 믿고 있었단다. 잘했어. 우리 딸!]

"…"

임여우 선생은 무심한 눈으로 아이들을 둘러보며 말했다.

"홍혜화 같은 사람이 되는 건 괜찮아. 우리 부모님 같은 부모는, 절대 되지 마." (254쪽)

【보기 싫은 버릇】

• 홍혜화는 연인 정재준이 코를 씰룩거리는 버릇을 고치지 못한다고 타박을 합니다. 그러자 정재준은 어쩔 수 없는 사정이 있다고 하는데요. 정재준이 코를 킁킁거리는 버릇은 알고 보니 천 원짜리 지폐가 한 장씩 생기는 초능력이었습니다. 이때 악마가 나타나 정재준이 한 번 '킁킁' 할 때마다 "어딘가에서 모르는 누군가가 한 명씩 죽게 된다"(260쪽)는 사실을 알려줍니다. 그러면서 정재준의 초능력을 홍혜화에게 옮겨주겠다고 제안합니다. 또 옮길 때마다 열 배씩 강력해진다고까지 하는데요. 며칠을 고민하던 홍혜화는 초능력을 옮겨 받아 사용해봅니다. 주머니 속에 들어온 돈을 보고 "만 원이라면 누구나 흔들릴 수밖에 없다"는 태도를 보이는데요. 여러분은 이런 홍혜화를 어떻게 보셨나요?

초능력을 사용했다. 그녀는 주머니 속에 손을 넣어 만 원의 감촉을 확인하고는 다시 걸음을 옮겼다. 식당 거리에서도 망설이다가, 한 번 더 킁킁대고 좀 더 비싼 식당을 찾아갔다.

단지 처음이 어려웠을 뿐이다. 평생 딱 한 번이라는 생각으로 시도했다지만, 그 한 번이 두 번이 되고 세 번이 되는 건 결국 뻔한 일이었다.

그녀는 어느새 악마의 말을 똑같이 따라 하고 있었다.

"어차피 하루에 16만 명씩 죽는다는데… 16만 명이나 16만 3명이나 뭐…"

(중략)

"쿵쿵!"

이미 주머니 속에 10만 원 넘게 적립해놓은 상태였다. 그녀는 어쩔 수 없다고 생각했다. 자신도 정재준의 경우처럼 고작 천 원이었다면 절대 사용하지 않았을 거였다. 하지만 만 원과 천 원은 다르다. 만 원이라면 누구라도 흔들릴 수밖에 없다. 아직은 돈을 만들어낼 때마다 조금 망설여졌지만, 머지않아 자신이 하루 77번을 꼬박 채울 것 같다는 예감마저 들었다. (267~268쪽)

【대단한 빌머 이야기】

• 빌머는 뱀에 물려 혼수상태에 빠집니다. 그런 그 앞에 나타난 사신에게 죽어야 한다는게 억울하다며 살려달라고 애원하는데요. 사신은 다른 인간의 목숨 하나를 희생하면 그가 목숨을 구할 수 있다고 합니다. 빌머는 자기 대신 희생해야 할 청년의 얼굴을 보자 잠시 난감했지만, 자기 대신 희생된 청년을 생각하면서 세상을 바꿀 만한 업적을 남기기 위해 연구에 매진하는데요. 하지만 자신이 평생 수백 명을 죽여야 살 수 있다는 죄책감과 업적을 남겨야 한다는 것에 회의를 느낍니다. 살아야 할 당위성이 없어지자, 연구도 시들해지고 무기력해졌습니다. 하지만 죽음과 가까워져, 그를 기다리고 있는 앞날이 뻔해지자 다른 욕망에 사로잡힙니다. 빌머는 "세상에 뚜렷한 흔적"을 남기기 위해 "내 아이를 남기고 싶다"(274쪽)고 하는데요. 여러분은 빌머의 이런 선택을 어떻게 보셨나요?

[네 수명은 원래 거기서 끝이었는데 좀 더 연장해준 거다. 한 달이나 연장해줬으니 연체료를 받는 건 당연한 거 아닌가? 자, 선택해. 이번에도 다른 인간의 목숨 하나를 희생해서 네 목숨을 구하겠느냐?]

사신은 계단에 기대어 담배를 피우는 청년의 모습을 보여주었다. 빌머의 얼굴이 잔뜩 일그러졌지만, 그의 선택은 이미 정해져 있었다. 그는 고개를 끄덕였다.

사신은 웃으며 청년에게로 사라졌다.

(중략)

빌머는 무기력해졌다. 연구도 시들해졌다. 그는 죽음과 너무 가까운 사이가 되었다. 그를 기다리고 있는 앞날이 뻔해지자, 그는 다른 욕망에 사로잡혔다. 아무것도 아닌 고작 한 명의 인간일 뿐인 빌머는 세상에 뚜렷한 흔적을 남기고 싶었다. 세상을 위해서가 아니라, 지극히 그 자신만을 위해서.

'내 아이를 남기고 싶다.'(273~274쪽)

【자살하러 가는 길에】

• 자살을 선택한 사내가 태종대 자살바위를 가기 위해 택시를 탔습니다. 택시기사는 카드 기계가 고장나 택시비는 현금만 가능하다고 하는데요. 사내는 현금이 있다고 했지만 막상 내릴 때 지갑이 없다는 것을 알게 됩니다. 그런 그에게 택시기사는 화를 내며 "진짜 자살할 거면 핸드폰도 필요 없겠네? 핸드폰 줘봐! 그거라도 처분하게"(291쪽)라며 택시비 대신 핸드폰을 요구합니다. 사내는 망설임 없이 핸드폰을 택시기사에게 건네주고 자살바위로 향합니다. 한참 후 택시기사가 따라와 "미안합니다"(292쪽)라며 사내의 손에 핸드폰을 쥐어주고 택시로 돌아가는데요. 사내는 바다를 바라보며, "자살하러 오는 길에 저지른 세 번의 잘못과, 그럼에도 불구하고 되레 세 사람이 건넸던 미안하단 말"(293쪽)을 떠올립니다. 여러분은 세 사람이 건넨 "미안합니다"라는 말을 어떻게 읽으셨나요?

> 사내를 지나쳤던 그 차가 급하게 유턴해서, 사내 쪽으로 돌아왔다. 곧 차창이 내려가며 운전자의 얼굴이 드러났다. 운전자는 우물쭈물 무언가 망설이는 얼굴로 머뭇거리다가,
>
> "…미안합니다." (281~282쪽)
>
> "저기!"
>
> 뒤에서 들려오는 소리에 고개를 돌려보니, 하얀 세미 정장 차림

의 여인이 열차에서 내려 다가오고 있었다. 여인은 우물쭈물 망설이다가 말했다.

"…미안해요."(287쪽)

사내는 눈앞의 바다를 바라보며, 생각에 잠겼다. 오늘 자살하러 오는 길에 저지른 세 번의 잘못과, 그럼에도 불구하고 되레 세 사람이 건넸던 미안하단 말에 대해 생각했다.

사내는 아내와 딸이 죽은 뒤 언제부터인가 전혀 눈물이 나오지 않았다. 그런데 오늘은 이상하게도 세 번이나 울 뻔했다. 왜 그런지는 사내도 몰랐다.

사내는 문득 교도소의 그에게서 미안하다는 말을 다시 한 번 듣고 싶어졌다.

"…미안해."

결국 사내는 바다를 등지고 돌아섰다. (293쪽)

정말 미안하지만,
나는 아무렇지도 않았다

• 소설집 『정말 미안하지만, 나는 아무렇지도 않았다』은 '오늘의 유머' 공포게시판에서 네티즌들의 많은 호응을 얻은 이야기를 묶은 작품입니다. 글쓰기를 전혀 배우지 않은 작가 김동식이 독자들과 댓글로 소통하며 쓴 책으로 화제를 모았습니다. 여러분은 이 책을 어떻게 읽으셨나요? 별점과 소감을 나눠봅시다.

별점(1~5점) : ☆☆☆☆☆

읽은 소감 :

• 『정말 미안하지만, 나는 아무렇지도 않았다』는 표제작 「정말 미안하지만, 나는 아무렇지도 않았다」 외 20편의 단편소설을 싣고 있습니다. 인상 깊게 읽은 작품이 있다면 소개해봅시다.

1. T 컴퍼니
2. 청부업자 아내를 사랑한 남편
3. 축의금을 보낸 이유
4. 0.5초의 궁금증
5. 마법의 주문을 가진 청년
6. 행복 상한제
7. 성공을 위해 조강지처를 버린 사내
8. 살인 다단계
9. 알고 행한 것과 모르고 행한 것의 차이
10. 작은 쓰레기가 소용돌이에 휘말렸다
11. 내가 뭘 사과해야 하는가?
12. 정말 미안하지만, 나는 아무렇지도 않았다
13. 죽음이 무서운 사람들을 위해
14. 가치 재판
15. 그의 일대기
16. 김남우, 김남우, 김남우
17. 범죄 유전자
18. 생명체를 창조하는 인간들
19. 바람에 날리는 자존감
20. 정선 카지노로 향하는 길에
21. 마지막 유언

작품별 논제

[T 컴퍼니]

• T 컴퍼니는 정부의 승인을 받아 범죄자를 대신 처벌하는 회사입니다. 원래 국가 산하의 비밀 연구기관이었던 T 컴퍼니는 어릴 적 트라우마가 인생에 끼치는 영향에 대해 연구하는데요. 이 회사에 따르면 어릴 적 트라우마가 있었던 아이들은 일반적인 아이들보다 범죄, 우울증, 자살 등으로 망가지는 경우가 더 많았다고 합니다. 이렇듯 "어릴 적 트라우마가 인생에 끼치는 영향은 어마어마하다"(22쪽)고 하는데요. 여러분은 이런 연구결과를 어떻게 보셨나요?

> "놀랍게도, 어릴 적에 생긴 트라우마가 인생에 끼치는 영향은 엄청났습니다. 범죄, 우울증, 자살, 정신장애, 폐인… 수많은 아이들이 망가진 어른이 되었지요. 일반적인 아이들과 비교했을 때 확실히 눈에 띄는 비율로 말입니다."
>
> "뭐…"
>
> "그렇습니다. 저희는 연구 성과를 낸 것이죠. 어릴 적 트라우마가 인생에 끼치는 영향은 어머어마하다." (22쪽)

• 폭력 전과 6범 최무정은 화를 참지 못하고 회식 자리에서 상사와 동료에게 주먹과 욕설을 퍼부었습니다. 다음 날 경찰 위임을 받은 T 컴퍼니에서 그를 처벌하러 한 사내가 찾아오는데요. T 컴퍼니의 처벌방식은 "최무정 님이 범죄를 저지르실 때마다, 저희 회사는 두석규 씨를 행복하게 만들어"(10쪽) 주는 거라고 합니다. 두석규는 최무정의 가정을 파탄낸 사람이었는데요. 두석규가 행복해진다는 말에 최무정은 몇 달간 법을 잘 지킵니다. 사내는 최무정에게 가하는 처벌방식은 "최무정 님을 위해서"(25쪽)라고 하는데요. 여러분은 사내의 이 말을 어떻게 생각하시나요?

"범죄자로 큰 아이들은 다시는 범죄를 저지르지 않게 하겠다! 약물 중독자로 큰 아이들은 약을 끊게 하겠다! 우리에겐 그럴 방법이 있다! 그 방법이 무엇인지는… 잘 아시죠? 최무정 씨."

(중략)

사내는 순간 웃음기를 거두고 진지하게 말했다.

"제가 왜 이런 말씀을 드리는 것 같습니까? 다 최무정 님을 위해서입니다." (25쪽)

"왜 그렇게 화를 내십니까? 예전과 달리 저희는 지금 좋은 일을 하고 있는데. 범죄자인 최무정 님을 구제하려고 노력하는 거라고요."

"뭐, 이 씨발!"

"안 그렇습니까? 저희로 인해 최무정 님이 다시 선량한 시민으로 돌아갈 수만 있다면, 그거야말로 얼마나 좋은 일입니까? 교도소에서도 못 하는 교화를 저희가 해내겠단 말입니다. 과거는 잊고, 현재를 생각하세요."(26쪽)

【축의금을 보낸 이유】

• 정재준과 장진주는 1억 원이 든 결혼 축의금 봉투를 받습니다. 대학 동창인 홍혜화가 보낸 거였는데요. 이후 홍혜화는 재준과 진주의 신혼집에 찾아와, 재준이 자신의 남자친구였던 김남우에게 아동포르노 소지죄를 뒤집어 씌워 둘의 사이를 갈라놓았다고 폭로합니다. 이 말을 들은 재준은 그런 적이 없다며 부인합니다. 그러자 홍혜화는 비트코인에 대해 들려주는데요. 몇년 전 재준이 아동포르노 영상을 사기 위해 비트코인 천 개를 구했고, 그 중 200개만 사용하고 800개는 김남우의 노트북에 그대로 남겨두었다고 합니다. 홍혜화가 낸 축의금 1억 원도 남은 비트코인 중 일부였다고 하는데요. 홍혜화가 가고 나자 재준은 "그 비트코인 내가 산 거란 말이야! 내 거라고! 진주야! 우리 뺏어야 해, 그거!"(57쪽)라며 소리치는데요. 여러분은 정재준의 이런 태도를 어떻게 보셨나요?

"참, 네가 그때 결제했던 비트코인 천 개 있잖아. 그중에 200개만 쓰고 800개는 노트북에 남겨뒀던 거 기억나?"

재준이 몸을 움찔했다.

"그래서 내가 축의금을 1억 한 거야. 이제 궁금증이 풀렸지? 고마워, 재준아."

홍혜화가 싱긋 웃으며 현관문을 열고 나갔다.

재준은 멍청해진 얼굴로 현관문만 바라보았다.

얼굴이 마구잡이로 일그러진 진주는, 문이 닫히자마자 재준을 돌아보며 빽 소리쳤다. 도대체 어떻게 된 거냐고, 제대로 설명하라고 따지려 했다.

한데, 그보다 먼저 재준이 발작하듯 소리쳤다.

"비, 비트코인! 그 비트코인 내가 산 거란 말이야! 내 거라고! 진주야! 우리 뺏어야 해, 그거! 뺏을 수 있겠지? 그렇지?"(57쪽)

【0.5초의 궁금증】

• '나'는 총알이 머리를 관통해서 죽어가는 중입니다. 0.5초의 시간이 멈춘 듯 느리게 흘러가며, 그동안의 인생이 주마등처럼 지나가는데요. '나'는 자신을 죽인 사람이 누굴까 궁금해집니다. 엄마가 자신을 죽인 것 같다는 생각이 들면서 "엄마가 날 죽인 게 맞나? 아니지 않을까?"(63쪽)를 반복하면서 그동안의 자신 행동을 반성하기도 합니다. 그러면서도 계속 "엄마가 왜 날 죽여?"(65쪽)라는 의문을 가지는데요. 여러분은 이런 '나'의 태도를 어떻게 보셨나요?

엄마가 아니지 않을까? 엄마가 아닌, 다른 사람은 아닐까? 엄마가 왜 날 죽여? 엄마는 나를 싫어하지 않잖아? 세상 사람 모두가 날 싫어해도 엄마는 날 사랑하지 않나? 엄마가 왜 날 죽여? 엄마는 내가 아무리 쓰레기라도 날 사랑하잖아! 내가 아무리 백수에 사고뭉치라도 날 사랑하잖아! 내가 아무리 인생 실패자라도 엄마는 날 사랑하잖아!

그래, 엄마가 아닐 거야! 죽기 전에 확인해보자! (65쪽)

【마법의 주문을 가진 청년】

• 청년은 돈이 떨어질 때마다 부모님께 "그냥 확 죽어버릴 거야"(68쪽) 라고 말합니다. 이 말은 청년에게 마법의 주문인데요. 부모님은 청년이 마법의 주문을 내뱉으면, 어떻게 해서든 돈을 마련해줍니다. 그렇게 받아간 돈을 청년은 모두 도박과 유흥비로 탕진하는데요. 여러분은 청년이 죽어버린다고 할 때마다 돈을 마련해주는 부모의 태도에 대해 어떻게 보셨나요?

"그냥 확 죽어버릴 거야!"

그 말 한마디면 부모가 돈을 내놓았다. 돈이 없다며 앓는 소리를 하다가도, 청년이 실제 죽는시늉까지 하면 어떻게 해서든 돈을 만들어오곤 했다. 그때마다 청년은 말했다.

"그러게 처음부터 내놨으면 얼마나 좋아? 맨날 돈이 없기는 뭐가 없어!"

그렇게 받아 간 돈은 모두 도박과 유흥비로 탕진했다. 부모가 어딘가에 무릎 꿇고 사정사정해 빌려 온 돈을 단 10분 만에 날린 적도 있었다. 그래도 청년은 괜찮았다. 청년에겐 마법의 주문이 있었으니까.

"그냥 확 죽어버릴 거야!"(67~68쪽)

• 어느 날, 청년은 그날도 마찬가지로 부모님께 돈을 내 놓으라고 하지만 "이젠 정말로 돈이 없단다… 정말이야. 더 이상 빌릴 곳도 없어…"(68쪽)라는 부모님의 대답을 듣습니다. 이 말에 청년은 베란다 난간 위에서 죽는 시늉만 보이려다 발이 미끄러져 추락하고 마는데요. 청년의 머리가 땅바닥에 부딪치기 직전 어떤 목소리가 들려옵니다. 그 목소리의 주인공은 자신을 악마라 소개하며 청년이 부잣집에 입양될 뻔했다고 말해줍니다. 이에 악마는 청년에게 시간을 되돌려주겠다며 "20년 전에 갓난아기였던 당신이 웃음을 짓기 직전, 아니면 몇 초 전 당신이 미끄러지기 직전"(71쪽) 둘 중 하나를 선택하라고 하는데요. 청년은 "나를 20년 전으로 되돌려줘!"(71쪽)라며 20년 전을 선택합니다. 여러분은 청년에게 두 가지 선택을 하게 한 악마를 어떻게 보셨나요?

[20년 전 당신이 태어나던 날, 어느 부잣집에서 당신을 입양하기로 했었습니다. 아시다시피, 저 위의 두 분은 당신을 키울 만한 사정이 안 되었거든요. 한데 마지막 순간, 당신이 방긋 웃는 모습을 보고서 두 분은 결정을 번복했습니다.]

"지금 그게 무슨!"

[시간을 되돌려드리죠.] (70쪽)

[20년 전에 갓난아기였던 당신이 웃음을 짓기 직전, 아니면 몇 초 전 당신이 미끄러지기 직전. 둘 중 한 군데로 시간을 되돌려주겠다 이 말입

니다. 제가 시간을 지배한다는 건 지금 멈춰버린 세상만 봐도 알 수 있겠죠?]

(중략)

"나를 20년 전으로 되돌려줘!"

[흠…]

사내는 잠시 묘한 표정을 짓다가 물었다.

[후회하지 않으시겠습니까? 만약 그 양부모가 저 두 분처럼 착한 분들이 아니라면요? 지금처럼 당신의 응석을 다 받아주는 분들이 아니라면 힘들지 않을까요?] (71~72쪽)

- 만약 시간을 되돌릴 수 있다면 여러분은 언제로 돌아가고 싶으신가요?

【행복 상한제】

• 한 사내가 홍혜화에게 전단을 내밀며 '행복상한제'에 관심 있으면 방문을 하라고 합니다. 그녀는 호기심에 찾아가는데요. 사내는 "행복이란 상대적인 것"(85쪽)이라 세상에 홀로 살아간다면 자신이 정말 행복한지 아닌지 모른다고 합니다. 결국 "행복은 관계에서 비롯된다"고 하는데요. 여러분은 사내의 말을 어떻게 생각하시나요?

사내는 손짓을 섞어가며 장황하게 설명했다.

"사람에게는 저마다 행복 점수라는 게 존재합니다. 1점부터 100점까지 점수는 제각각인데요, 뭐 100점인 사람은 거의 없겠지요. 아시다시피, 행복이란 상대적인 겁니다. 세상에 홀로 산다면 자신이 정말 행복한지 아닌지도 모르겠지요? 그러니 행복은 관계에서 비롯된다고도 말할 수 있습니다. 상대방과 시너지를 일으켜 더 행복해지는 관계가 있는가 하면, 상대방으로 인해 불행해지는 관계도 있습니다. 저희는 후자인 분들에게 도움을 드리고자 합니다. 억울하게 행복을 빼앗기신 분들! 그분들의 원한을 풀어드리는 거죠!" (85~86쪽)

• '행복 상한제'는 서비스를 이용하는 고객의 "행복 점수가 최고점의 기준"(87쪽)이 되어 특정한 사람을 고객보다 행복해질 수 없게 합니다. 하지만 행복 상한제를 서비스를 이용하려면 고액의 비용을 지불해야 합니다. 홍혜화는 비싼 비용에 잠시 망설이지만, 자신이 행복 상한 증서를 받자마자 자신의 남자 친구를 빼앗아 결혼을 하려던 임여우의 결혼이 취소된 걸 알게 됩니다. 이후 홍혜화는 빚을 내서라도 다른 사람들의 불행을 보려고 하는데요. 여러분은 이런 홍혜화를 어떻게 보셨나요?

홍혜화는 솔직히 그들 모두가 자신보다 행복하지 않길 바랐다. 다들 행복하게 잘 사는데 자기 인생만 이리도 불행한 게 너무 불공평하고 억울했다. 하지만 돈이 없었다. 왜 자신은 돈조차 없는가. 이마저도 억울했다.

(중략)

그녀는 자기 합리화를 했다. 자신이 불행해질수록 임여우도 송서선도, 공치열도, 모두 더 압도적으로 불행하게 만들 수 있다고 말이다.

"기회가 왔을 때 이용해야 해… 빚을 내서 불행해지자! 불행해져서 그것들에게 더 큰 불행을 안겨주는 거야!" (94쪽)

• 여섯 징의 행복 싱한 증시를 받아 들고 집으로 돌아온 홍혜화는 웃음이 멈추질 않습니다. 같은 시각, 가게의 사내는 망원경을 들여다보며 "역시 행복은 마음먹기 마련인가?"(95쪽)라며 중얼거리는데요. 여러분은 사내의 말을 어떻게 보셨나요?

같은 시각, 가게의 사내는 망원경을 들여다보다 빙긋 웃었다.

"90점? 와, 우리 고객님 지금 정말 행복하신가 보네! 역시, 행복이란 마음먹기 마련인가? 하하."

그녀는 상상이나 할 수 있을까?

지금 그녀 자신이 얼마나 행복한지, 지금 모두의 행복 상한선이 어디에 걸려 있는지 말이다. (95~96쪽)

【성공을 위해 조강지처를 버린 사내】

• 임여우는 성공을 위해 자신을 버렸던 최무정을 찾아가 아이 양육비로 한 달에 500만 원을 요구합니다. 하지만 최무정이 자신의 아이라는 걸 믿을 수 없다고 합니다. 임여우는 자신이 자살하려고 할 때 어떤 분을 만났고, 그분은 "아이 아빠의 생명을 빌려서, 아이를 낳을 수 있다"고 했다는데요. 또한, "아이는 아빠와 생명을 공유하기 때문에, 다치지 않게 해야 한다"(103쪽)고 합니다. 이후 최무정은 아이의 양육비를 보내면서 "최선을 다해 부성애를 가장"(108쪽)합니다. 최무정은 "자신의 창창하던 앞날이 고작 그런 여자, 그런 아이 때문에 망가"(112쪽)지게 놔둘 수 없다고 생각하는데요. 여러분은 이런 최무정을 어떻게 보셨나요?

최무정은 최선을 다해 부성애를 가장했다. 역시, 최무정의 예상은 맞아떨어졌다. 얼마 안 가 임여우는 종종 아기의 사진을 보내주거나, 물어보면 간단한 근황 정도는 알려주기 시작했다. 시간이 지날수록 그녀의 적의는 약해졌고, 습관처럼 말하던 아이를 해코지한다는 협박도 쏙 들어갔다. 며칠 전에는 갑자기 팔뚝에 화상 상처가 생겨 깜짝 놀랐는데, 임여우가 실수였다며 미안하단 문자를 보내오기도 했다. 그때도 최무정은 이런 문자메시지를 보냈다.

[나는 괜찮아. 아이는? 아이는 괜찮아?] (108~109쪽)

【살인 다단계】

• 해보고 싶은 건 웬만큼 다 해본 사내는 죽기 전에 꼭 한 번 사람을 죽여보고 싶었습니다. 실제로 사람을 죽일 때 어떤 느낌이 드는지 궁금했는데요. 우연히 살인 다단계 조직이 존재한다는 소문을 듣고 찾아갑니다. 그곳에 있는 남자는 "사람을 죽여본 사람은 세상을 보는 눈이 달라집니다. (중략) 평범한 사람과 눈을 뜬 사람의 차이"(125쪽)를 알게 될 거라고 합니다. 이렇듯 이 소설집에는 「살인 다단계」 외에도 「청부업자 아내를 사랑한 남편」, 「성공을 위해 조강지처를 버린 사내」 등 살인과 폭행을 소재로 하는 소설이 많이 나오는데요. 여러분은 작가의 이런 설정을 어떻게 보셨나요?

임여우가 부릅뜬 눈으로 목에 꽂힌 주사기를 빼자, 최무정이 얼른 그녀의 양 손목을 제압하면 차갑게 말했다.

"신경독이다. 고통은 길지 않을 거야. 내가 언제까지고 너에게 발목 잡혀 살 순 없잖아?"(114쪽) - 「성공을 위해 조강지처를 버린 사내」

"누가 시키지 않아도 저희 회원들끼리는 깊은 유대감을 느끼기 때문에 이렇게 서로 돕고 지내는 겁니다. 세상에는 두 종류의 사람이 있습니다. 사람을 죽여본 사람과 죽여보지 못한 사람."

"…"

"사람을 죽여본 사람은 세상을 보는 눈이 달라집니다. 인간의 삶이란 게 얼마나 하찮은지… 회원님들 대부분 사고관이 바뀌고, 새로운 삶을 영위하게 됩니다. 사회 여러 요직에 오른 회원님들이 바로 그 증거라고 할 수 있죠. 평범한 사람과 눈을 뜬 사람의 차이. 아마 활동하다 보면 회원님도 알게 되실 겁니다."(125쪽) - 「살인 다단계」

• 살인 다단계에는 등급이 있습니다. 사형수를 죽이는 브론즈 등급, 자살하려는 사람을 죽일 수 있는 실버 등급, 마지막으로 골드 등급입니다. 골드 등급이 죽여야 할 대상은 살인 다단계 회원들이라고 하는데요. 남자는 "저희는 절대 나쁜 사람들이 아닙니다. (중략) 선량한 사람들에겐 피해를 주지 않아요"(133쪽)라고 하는데요. 여러분은 남자의 이 말을 어떻게 생각하나요?

"등급마다 살인의 기회가 다르게 주어집니다. 쉽게 이야기하자면, 브론즈 등급은 사형수를 죽일 수 있습니다." (126~127쪽)

"아시다시피, 사실상 우리나라의 사형제도는 폐지된 것과 다름없기 때문입니다. 마지막 사형이 1997년에 이루어졌던 것은 아시죠? 그래서 그 이후 가입한 브론즈 등급 분들은 아직 살인을 해본 적이 없으십니다."(128쪽)

"실버 등급은 자살하려는 사람을 죽일 수 있습니다."
"자살하려는 사람요?"
"예. 실제 자살 직전인 사람을 섭외해서 저희가 대신 죽여드리는 겁니다. 어차피 죽을 사람을 죽이는 것이니, 저희는 절대 나쁜 짓을 하는 게 아니지 않습니까?"(129쪽)

"마지막 골드 등급은 누구를 죽이는 걸까요?"

남자의 미소에 사내는 소름이 끼쳤다.

"저희는 절대 나쁜 사람들이 아닙니다. 저희가 죽이는 사람들이라고 해봐야 어차피 죽을 사형수, 자살할 사람, 그리고 저희 살인 다단계 회원들뿐입니다. 선량한 사람들에겐 피해를 주지 않아요."(133쪽)

【알고 행한 것과 모르고 행한 것의 차이】

• 여인과 함께 있던 어린아이를 차로 친 청년은 "자신의 인생이 끝났다고 생각"(134쪽)합니다. 그때 갑자기 한 사내가 나타나 '생명 교환 서비스'에 대해 설명합니다. 사내는 이 사고를 "어린아이가 아닌, 다른 것을 죽인 것으로"(136쪽) 바꿔줄 수 있다고 말하는데요. 생명 교환은 여인과 관련된 존재로만 가능하며, 교환할 생명의 가치에 따라 가격이 달라진다고 합니다. 사내는 금액에 따라 교환되는 생명이 달라지는 목록을 청년에게 제시하는데요. 여러분은 사내가 제시한 이 목록을 어떻게 보셨나요?

여인의 피를 빤 적이 있는 모기 = 100억 원

시장에서 여인이 귀여워한 적이 있는 구관조 = 10억 원

여인이 키우는 고양이 = 1억 원

여인이 봉사 활동 갔던 산동네의 할아버지 = 천만 원

여인 = 100만 원

• 사내의 설명을 다 듣고도 청년은 쉽사리 결정을 내리지 못합니다. 하지만 모든 기억을 지워주기 때문에 "적어도 바꿔치기로 인한 죄책감은 없"(142쪽)을 것이라는 말을 듣고 '여인'을 선택합니다. 게다가 "굳이 아이를 살려주지 않으셔도"(143쪽) 된다고 하는데요. 여러분은 청년의 결정을 어떻게 보셨나요?

"100만 원짜리는 영 형편이 없죠. 단순히 아이에서 여인으로 바뀌는 것뿐이니… 그래도 뭐, 과실 처리를 할 때 조금은 유리하겠죠. 아무래도 목격자가 아이니까, 블랙박스를 제거하고 발 빠르게 처리하시면… 약간 유리해지실 수 있는 정도?" (140쪽)

"그리고 가능하다면… 굳이 아이를 살려주지 않으셔도 됩니다. 처음부터 제가 실수로 두 사람 모두 죽인 걸로 알도록…" (143쪽)

[작은 쓰레기가 소용돌이에 휘말렸다]

• 정재준과 홍혜화는 과거 최무정의 '사소한 잘못'으로 인해 각각 여자 친구의 죽음과 유산이라는 아픔을 겪게 됩니다. 두 사람은 "공통점 덕분에 급속도로 가까워질 수 있었"(168쪽)고, 서로의 아픔을 극복하고 앞으로 나아가기로 합니다. 홍혜화는 최무정에게 "용서를 하느냐 복수를 하느냐. 우리의 아픔을 극복하려면 둘 중 하나는 해야 했어."(169쪽)라고 말하는데요. 여러분은 이 말을 어떻게 보셨나요?

"우리가 왜 너를 용서 못 하는지 알겠어? 우리에겐 평생 잊을 수 없는 그 끔찍한 고통이, 너에게는 기억하지도 못할 장난이고 거짓말이었던 거야."

"그래도 우린 마지막으로 용서해보고 싶었어. 네가 저지른 일들은 사소한 잘못이기도 했으니까… 그래서 너에게 기회를 여러 번 줬어."(170쪽)

"네가 전자 담배 때문에 최근에 니코틴 원액을 구한 걸 사람들은 다 알고 있어."

"나는 네 자살을 보며, 내가 괜히 동영상을 올린 것 같다고 자책하며 너에게 미안해하겠지… 따지고 보면 내 잘못은 아니지만 말이야."

"우린 평생 잊지 않을게. 너와는 다르게." (171~172쪽)

• 여자 친구와 선약이 있었던 정재준은 아버지가 쓰러지셔서 급히 가봐야 한다는 최무정을 자신의 차로 태워다 줍니다. 여자 친구에게는 택시를 타고 오라고 했는데, 교통사고로 여자 친구가 죽습니다. 나중에서야 아버지가 쓰러지셨다는 무정의 말이 거짓말이었다는 걸 알게 됩니다. 한편 홍혜화는 무정이 장난으로 의자를 빼서 넘어진 일 때문에 아이를 유산했습니다. 하지만 무정은 이 두 가지 일을 전혀 기억하지 못하고 있는데요. 두 사람은 무정에게 "우리에겐 평생 잊을 수 없는 그 끔찍한 고통이, 너에게는 기억하지도 못할 장난이고 거짓말이었던 거야."(170쪽)라고 말합니다. 여러분은 이 말을 어떻게 보셨나요?

홍혜화가 나를 향해 말했다.

"넌 정말, 끝까지 기억을 못 하는구나? 2년 전에 네가 내 의자 뺐던 거… 기억 안 나? 그거 재준이가 아니라 너였잖아."
"뭐?"

정재준이 나를 향해 말했다.

"난 적어도 네가 기억은 하고 있을 줄 알았다. 고작 3년 된 일인데. 네가 내 차를 빌려 갔던 거 기억 안 나?"
"뭐, 뭐?"

내가? 내가? 내가?

당황하는 나를 보며 둘은 담담히 말했다.

"우리가 왜 너를 용서 못 하는지 알겠어? 우리에겐 평생 잊을 수 없는 그 끔찍한 고통이, 너에게는 기억하지도 못할 장난이고 거짓말이었던 거야." (169~170쪽)

【내가 뭘 사과해야 하는가?】

• 남자의 회사로 한 여자가 찾아와 "우리 아버지가 지금 식물인간 상태"(173쪽)인데 아버지가 그렇게 되기 전 마지막으로 대화한 사람이 '그'라고 합니다. 불법 주차 문제로 남자가 목소리 높였던 모습을 블랙박스로 봤다며 아버지에게 사과하라고 말합니다. 나이 어린 사람한테 굽신거리며 사과하는 모습이 아버지의 마지막이 되어서는 안 된다는 건데요. 여러분은 남자를 찾아와 아버지에게 사과하라고 말하는 여자를 어떻게 보셨나요?

"우리 아버지가 마지막으로 대화한 사람이 당신이에요. 이대로 우리 아버지 돌아가시면, 우리 아버지의 마지막 기억 속에 남는 사람은 당신이라고요!"(175쪽)

"당신한테 그렇게 욕먹고! 나이 어린 사람한테 굽신거리면서 사과하고! 그렇게, 그랬던 게 우리 아버지의 마지막이면 안 된다고요!"
"아…"

나는 도대체 무슨 말을 꺼내야 할지 알 수 없었다. 그런 나에게 그녀는 쪽지 하나를 건네고 돌아섰다.

"우리 아버지에게… 사과하세요." (176쪽)

• 남자는 여자의 아버지가 그렇게 된 것이 자신의 잘못이 아닌 걸 알면서도 마음이 찜찜합니다. 좋지 않은 마음을 풀기 위해 여기저기 이야기를 하고 다녔는데요. 사람들은 대부분 갈 필요 없다고 말해줬지만 남자의 어머니는 "네 마음이 편해지기 위해서"(181쪽) 가보라고 합니다. 그는 결국 병원에 찾아가 누워 있는 아저씨에게 사과하는데요. 여러분이 남자의 상황이라면 어떤 선택을 하시겠습니까?

나는 이 좋지 않은 마음을 풀기 위해 그 여자의 이야기를 여기저기에 하고 다녔다. 누구 한 사람이라도 더 내 편을 들어주길 바랐다.

"뭐? 너랑 전혀 상관없는 일이잖아. 솔직히 난 그 여자가 좀 웃긴 것 같은데. 사과를 왜 시켜?"
"불법 주차 때문에 피해까지 봤는데 고운 말 나오는 게 더 이상한 거지. 경찰 안 부른 걸 더 고마워해야 하는 거 아니야?"
"야, 그 아저씨가 네 말 듣고 우울해서 자살한 것도 아니고, 음주 운전자가 와서 박은 건데 네가 뭘 그렇게까지 신경을 써? 됐어! 됐어!" (179쪽)

"그 아가씨는 너무 죄송한 거야. 아버지한테 너무 죄송해서, 그게 무엇이든 간에 뭐라도 하고 싶은 거지. 뭐라도 하지 않으면 견딜 수 없는 거야, 지금. 너는 그 마음을 너무 잘 아니까 그 아가씨의 일이 계속 마음에 걸리는 걸 테고… 물론, 네 잘못은 하나도 없지만 말이다." (180쪽)

"굳이 알지도 못하는 그 아가씨를 위해서 병원까지 찾아갈 필요는 없잖아. 안 그래, 엄마?"

"…"

어머니는 가만히 내 얼굴을 살피다가 말했다.

"한번 가봐라."

"뭐?"

"그 아가씨를 위해서가 아니라, 네 마음이 편해지기 위해서 말이다." (181쪽)

① 병원에 간다.

② 병원에 가지 않는다.

【정말 미안하지만, 나는 아무렇지도 않았다】

• 아내가 죽자 남자는 생전에 아내가 다니던 보육원에 100만 원을 기부합니다. 그런데 다음날, 보육원 관계자가 찾아와 5억 원을 기부해 줘서 고맙다고 말합니다. 순간 남자는 "기부를 하고 나오는 길에 마주쳤던 허름한 복장의 할아버지"(188쪽)를 떠올리며 그 노인이 5억 원을 기부했을 거라고 생각합니다. 하지만 회사의 광고 효과를 생각하며 보육원 담당자에게 자신이 기부한 게 맞다고 말하는데요. 여러분은 이런 남자의 태도를 어떻게 보셨나요?

"익명으로 기부하신 그 마음은 이해하지만, 솔직히 이런 좋은 일은 크게 알려야 한다고 생각합니다. 제가 잘 아는 기자분도 있고요. 선생님 생각은 어떠십니까?"

보육원 대표의 말을 듣는 동안, 머릿속이 빠르게 회전했다. 아무리 생각해봐도 그 허름한 복장의 노인은 부자가 아닐 게 분명했다. 아마 평생 모은 재산을 죽기 직전에 기부하는 것일 테지. 그 큰 돈을 익명으로 기부했다는 건 정체를 드러내고 싶지 않다는 뜻이고. 가만, 혹시 내가 이걸 이용할 수 있지 않을까? 회사 일에 도움이 되지 않을까? 광고 효과가 엄청날 텐데!

"…"

나는, 나도 모르게 말했다.

“부끄럽지만, 제가 기부를 하긴 했습니다. 이렇게 찾아와주셨는데 잡아떼는 것도 예의가 아닌 것 같군요.” (188~189쪽)

• 남자는 아내가 교통사고로 죽은 뒤 "정말 미안하지만, 나는 아무렇지도 않았다"(186쪽)고 말합니다. 일만 하느라 아내에게 신경 못 쓴 건 미안하지만 "솔직히 아내보다는 회사가 더 중요했다"(186쪽)고도 하는데요. 하지만 보육원에 100만 원을 기부한 줄 알았는데 사실 5억 원을 기부했다는 걸 알게 된 뒤 "아내의 죽음이 아무렇지 않은 게 아니었"(194쪽)다는 사실을 깨닫게 됩니다. 여러분은 이 소설의 마지막 장면을 어떻게 보셨나요?

> 그제야 깨달았다. 나는 아내의 죽음이 아무렇지 않은 게 아니었구나. 아내에게 미안하지 않은 게 아니었구나. 나는 아내를 정말 사랑했구나.
>
> 궁금하다. 그동안 번 모든 돈을 아내를 위해 바친다 해서 이제와 아내가 기뻐할까? 아내가 날 용서해줄까?
>
> 미안해, 여보. (194쪽)

【죽음이 무서운 사람들을 위해】

• 추락 위기에 처한 비행기 안에는 공포에 찬 비명과 울음소리가 가득합니다. 하지만 "살날이 몇 달 안 남은 시한부 환자"인 주인공은 어차피 죽을 걸 알고 있어서 아무렇지도 않다고 말합니다. 여행을 가자고 해서 미안하다며 울고 있는 엄마를 보며 "그래 봤자 한두 달 일찍 죽는 것뿐인데 뭐가 그리 슬플까?"(196쪽)라고 생각하는데요. 이어 "저들도 나처럼 죽음이 아무것도 아니란 걸 알면 좋을 텐데"(197쪽)라고도 합니다. 여러분은 죽음을 대하는 주인공의 태도를 어떻게 보셨나요?

"난 아무렇지도 않아. 그냥 여기 사람들이 안타깝지. 다들 안됐다, 참."

솔직히 그랬다. 숨도 못 쉴 정도로 꺽꺽거리며 울고 있는 사람들이 불쌍해 보였다. 모두가 죽음의 공포로 떨고 있는데 나 혼자 아무렇지도 않아 미안할 정도였다. 저들도 나처럼 죽음이 아무것도 아니란 걸 알면 좋을 텐데. (196~197쪽)

• 추락하는 비행기에 갑자기 나타난 사내는 자신이 저승에서 일하는 사람이라고 소개합니다. 그리고 저승의 시스템에 대해 설명합니다. "여러분이 죽게 되면, 여러분은 일종의 자석과 같은 상태가 됩니다. 싫어하는 사람은 밀어내고, 좋아하는 사람은 당기게 되죠."(201쪽) 그러면서 자신이 무조건 천국으로 보내는 사람들에 대해 알려주는데요. 반려동물을 키웠던 사람, 할머니 손에 자란 사람, 가깝게 지내던 사람이 죽어서 울어본 적 있는 사람들이 이에 해당됩니다. 저승 직원이 예로 든 사람들을 어떻게 보셨나요?

"그래서 반려동물을 키웠던 사람들이 손들면, 그 사람들은 볼 것도 없이 그냥 천국 쪽으로 보내버립니다. 반려동물들은 모두 천국에 있고, 그들 대부분은 지독하게 주인을 사랑하거든요. 어차피 지옥 쪽으로 보내도 웬만하면 천국 쪽으로 끌어당겨질 게 뻔하니까 아예 그렇게 처리하는 거죠."

(중략)

"그다음으로는 '할머니 손에 자란 사람 손 드세요!'라고 외치죠."

(중략)

"그분들도 그냥 천국 쪽으로 보내버립니다. 안 그랬다간, 왜 우리 손주를 지옥 쪽으로 보냈냐고 항의를… 어휴! 그냥 천국 쪽으로 보내버리는 게 맘 편하죠."

(중략)

"그리고 마지막으로 '가깝게 지내던 사람이 죽어서 울어본 적 있는 사람 손 드세요!'하고 묻습니다. 죽은 사람들도 자신을 위해 울어준 사람을 다 알고, 계속 기억하고 있거든요. 이 경우에는 서로 당기는 힘이 강력하겠죠? 웬만하면 밀려날 일이 없는 사람들이니까, 애초에 천국 쪽으로 보내버리는 거죠." (204~205쪽)

【가치 재판】

• 김남우와 정재준은 가치 재판을 받습니다. 이는 “다중 인격 치료를 목적으로 하는 의료기 인증 가상현실 서비스”(219쪽)입니다. 두 사람에 대한 증거가 각각 세 개씩 제시되고, 그 증거가 발표될 때마다 배심원이 10초 안에 버튼을 눌러 선택을 하게 되는데요. 모든 증거는 지난 한 달간 두 사람의 생활 속에서 뽑은 것이라고 합니다. 여기서 배심원의 선택을 많이 받은 사람은 로그아웃해서 육체로 돌아가고, 다른 한 명은 영원히 가상현실 속에서 살게 됩니다. 여러분은 소설 속 가치재판을 어떻게 보셨나요?

> “한번 물어보자고! 〈인간극장〉을 보고 눈물을 흘리지 않은 사람은 언제든지 죽어도 된단 말이야? 친구가 아프단 소식을 듣고도 바로 게임을 하는 사람은 언제든 죽어도 된단 말이야? 어? 제발 생각 좀 하고 결정하라고! 클릭질 한 번에 사람 목숨이 달렸다고!”
>
> 정재준은 설쳐대는 김남우를 내버려두었다. 괜히 나섰다가 배심원들의 눈 밖에 날 수도 있었고, 내심 김남우가 떠들어대는 말에도 공감이 갔기 때문이다. 고양이를 귀여워하지 않았단 이유는 뭐고, 마트에서 마지막 과자를 집었단 이유는 또 뭔가? 그런 것에 불빛을 바꾸는 저들은 또 뭔가? 인간이 인간의 목숨을 가르는 기준이라고 하기엔 너무나도 어처구니없었다. (220~221쪽)

• 정재준의 마지막 증거는 어머니와의 통화 내용입니다. 혼자된 지 오래된 어머니는 주저주저하다가 "만나는 남자가 있는데 괜찮겠냐고"(217쪽) 고백합니다. 정재준은 "괜찮으니까, 됐어"(217쪽)라고 답했는데요. 사회자는 사실 그때 그의 머릿속에는 "라면이 불기 전에 어서 전화를 끊고 싶다는 생각뿐이지 않았습니까?"(217쪽) 라고 말합니다. 여러분은 엄마의 고백을 대하는 정재준의 태도를 어떻게 보셨습니까?

[알겠습니다! 그럼, 정재준 님의 마지막 증거를 제시하겠습니다. 정재준 님은 25일째 밤, 어머님께 전화를 받으셨군요.]

정재준의 얼굴이 새하얗게 질렸다. 이번엔 어떤 얘기일지 짐작 가는 일이 있었던 것이다.

[혼자된 지 오래되신 우리 어머니, 주저주저하다가 고백을 하셨어요! 만나는 남자가 있는데 괜찮겠냐고 말입니다. 단 1초도 고민하지 않고 괜찮다고 대답했네요? 그래도 걱정이 된 어머님이 재차 물으셨지만, 곧바로 '괜찮으니까, 됐어'라고 답했군요? 하지만 말입니다. 사실, '괜찮다'가 아니라 '상관없다'였지요? 그때 정재준 님의 머릿속에는 딱 한 가지 생각, 라면이 불기 전에 어서 전화를 끊고 싶다는 생각뿐이지 않았습니까? 아이고, 이런이런…] (217쪽)

【그의 일대기】

• 자살 모임 SNS로 모인 네 사람은 모텔 방에 앉아 소주를 마시며 자살을 결심한 이유를 이야기합니다. 한 명씩 돌아가면서 이유를 말하자 나머지 사람들은 모두 "아이고, 저런. 정말 죽고 싶었겠구나."(225쪽)라며 공감해줍니다. 그럴 때마다 김남우는 그깟 이유로 자살하면 안 된다며 "그 정도는 그냥 죽고 싶다고 농담으로 말할 정도의 일"(226쪽)이라고 합니다. 김남우의 차례가 되어 그가 자살을 결심한 이유를 말하자 사람들은 "그런 걸로 자살하면 세상에 살아도 될 사람이 얼마나 있겠"(236쪽)나며 그를 만류합니다. 결국 모임에서 자살할 사람이 한 명도 없었고, 이들은 그냥 잠이나 자고 집에 가기로 합니다. 아침에 일어나자 모텔 방에는 김남우 혼자였습니다. 카운터에 물어보자 처음부터 혼자였다고 말해주는데요. 그때서야 김남우는 그 사람들이 모두 자기 자신이었다는 사실을 알게 됩니다. 여러분은 자기 자신과의 대화를 통해 자살 충동을 극복한 김남우를 어떻게 보셨나요?

"에이, 무슨 그깟 일로 자살을 결심합니까?"

"난 또 무슨 큰일이라고! 그깟 게 뭐라고! 자살할 일도 아니네요!"

"그런 걸로 자살하면 세상에 살아도 될 사람이 얼마나 있겠어요! 형, 엄살이 심하네요!"

"예?"

이 사람들이 지금 무슨 소리를 하는 거야?

"뭐라고요? 그, 그깟 일이라니? 제가 얼마나 고통스러운데! 당신들이 뭘 안다고 그런 소리를 합니까? 당신들이 제 기분을 압니까?"

"왜 몰라요? 우린 다 알죠." (236~237쪽)

【김남우, 김남우, 김남우】

• 예기치 않은 우주 쓰레기와의 충돌로 자원 채굴용 우주선 다이가 3호가 파손을 입으면서 동면 중이던 김남우들이 강제로 깨어나게 됩니다. "비상식량은 단 한 명만이 아슬아슬하게 생존 가능한 양 뿐이었"(244쪽)습니다. 자신들이 복제인간이라고 생각한 그들은 방법을 논의한 끝에 "우리 셋 중, 복제가 아닌 진짜 김남우가 살기로"(245쪽) 결정합니다. 복제 인간과 인간을 구별하기 위한 여러 방법을 제시하는데요. 여러분이라면 그들이 제시한 기준 중 어떤 방법을 쓰겠습니까?

- 착한 사람
- 가족, 친구 등 인간과 관계를 맺는 사람
- 작품을 남기거나, 성공해서 이름을 남기거나, 후손을 남기는 등 세상에 무언가를 남긴 사람
- 3일 안에 먼저 기억을 되찾는 사람
- 다른 사람을 위해 희생할 줄 아는 사람

【범죄 유전자】

• 한 학자가 범죄 유전자를 발견했을 때 처음에는 재밌는 발견 정도로만 치부됐습니다. 하지만 대기업 회장이 살인 혐의로 법정에 섰을 때 범죄 유전자 때문에 감형을 받은 사건을 시작으로 "범죄 유전자는 일종의 특권이"(258쪽)되었습니다. "범죄 유전자의 수치가 높을수록 그 사람의 가치가 높아졌고, 낮을수록 가치가 떨어"(258쪽)졌는데요. 여러분은 범죄 유전자가 특권처럼 여겨지는 작품 속 설정을 어떻게 보셨나요?

> [태어날 때부터 가지고 있는 범죄 유전자는 본인의 의사로 어찌할 수 없는 부분임을 인정하는 바입니다. 본 법정은 변호인의 주장을 받아들여, 피고인의 형량 30퍼센트 감형을 인정합니다.] (257~258쪽)

> [우리 변호사님이 그러시는데, 제 범죄 유전자 수치가 국내 상위 1퍼센트라네요? 이 정도 수치면 자수하는 게 낫다고 하더라고요. 이것저것 다 감형받으면 징역 1년까지 낮출 수 있다고요. 1년 정도면 뭐, 저도 갔다 올 만하거든요? 군대 안 가도 되니까, 그래서 그냥 자수하려고요.] (259쪽)

• 김남우는 자신의 아내를 강간하고도 범죄 유전자 수치 때문에 감형을 받아 최종 1년을 선고받은 범인에게 복수하려고 합니다. 공치열은 김남우의 불편한 다리로는 복수하기 어렵다며 복수를 대신 해줄 수 있는 전문가 최무정을 소개하는데요. 최무정이 "내가 왜 오늘 처음 만난 당신의 복수를 도와야 하지?"라고 묻자 "당신이 착한 사람이기 때문입니다."(265쪽)라고 답합니다. 최무정에게 착한 사람이라고 하는 김남우의 말을 어떻게 보셨나요?

"당신이 착한 사람이기 때문입니다."
"뭐?"

전혀 예상하지 못한 말에 최무정이 멍청하게 김남우를 쳐다봤다.

"뭐라고?"
"당신이 착한 사람이기 때문이라고요."
"착하다고? 내가? 으하하! 평생 처음 듣는 말이야! 왜? 내가 어딜 봐서? 어딜 봐서 착하단 거야? 거기다 당신은 날 오늘 처음 봤는데, 날 어떻게 알고 착하다고 그러는 거야?"

최무정의 말에, 김남우는 확신에 찬 목소리로 대답했다.

"지금, 이렇게 그냥 살고 있지 않습니까? 그러니까 착한 사람일 수밖에요." (265~266쪽)

【생명체를 창조하는 인간들】

• 인류의 과학이 신의 영역을 넘보던 어느 날, 신의 목소리가 울려옵니다. "너희의 바람대로 너희에게 단 한 번, 창조의 기회를 주겠다."(276쪽) 그 목소리와 함께 신의 팔이 하늘에서 지상으로 내려와 손바닥에 하나의 알을 올려두었는데요. "내일 해가 뜨기 전까지 이 알에게 원하는 생명체에 대해 말하"(276쪽)면 그 생명체가 태어날 거라고 알려줍니다. 이에 사람들은 이것이 인류에게 큰 기회라는 사실을 깨닫고 어떤 생명체가 좋을지 의견을 나누는데요. 만약 여러분에게 창조의 기회가 주어진다면 여러분은 어떤 생명체를 만들고 싶으신가요?

생명체를 창조해내는 건 정말로 흥미진진하고 재밌는 일이었다. 그러나 다들 흥분해서 자기 생각을 떠들어댈 때, 누군가 이렇게 말했다.

"멍청한! 왜 그런 쓸데없는 것들만 이야기하면서 시간 낭비를 하는가? 우리 인류가 만들어야 할 것은 결국 가축이다! 인류에게 도움이 될 가축!"

"아."

그의 말이 옳았다. 인류에게 가장 도움이 될 생명체는 결국 가축이었다. 기르고, 지배하고, 약탈할 가축. (277~278쪽)

• "인간들이 머리를 맞대고 만들어낸 완벽한 가축의 조건이 알에게 모두 전해"(280쪽)지고 드디어 알에서 생명체가 태어납니다. 사람들은 사료를 들고, 인류가 창조한 생명체인 완벽한 가축에게 다가가는데요. 그때, 다가오는 인간들을 향해 첫울음을 터트린 생명체가 "엄마?"(281쪽)라고 말합니다. 여러분은 이 소설의 마지막 장면을 어떻게 보셨나요?

> "엄마?"
>
> "!"
>
> 인류는 할 말을 잃어버렸다. 가장 중요한 가축의 조건을 깜박해버렸던 것이다. 이제 인류는 큰 고민에 빠지게 되었다. 아주아주 큰 고민에 빠지게 되어버렸다.
>
> 세상에서 가장 완벽한, 말하는 가축을 어떻게 대해야만 할까. (281쪽)

【바람에 날리는 자존감】

• 자존감이 낮을수록 사람의 몸이 가볍게 날리는 현상이 벌어지면서 많은 사고가 발생하자 인류는 대책을 세웁니다. "물리적인 대책도 중요했지만, 가장 근본적인 해결법은 사람들 스스로 자존감을 높이는 것"(284쪽)이었는데요. 자존감의 중요성을 깨닫고 국가와 학자들, 선생들이 나서서 자존감의 상향 평준화를 이루어냅니다. 자존감을 높일 수 있는 방법에 대한 여러분의 의견을 나눠주세요.

> 자존감을 위해 국가가 나서고, 의사들이 나서고, 학자들이 나서고, 선생들이 나서는 사이에 인류는 깨달았다. 인간에게 자존감이라는 것이 얼마나 중요한지 말이다. 왜 그동안 자존감 관리에 소홀했는지 의아할 정도였다. 누군가는 자존감이 인간 존재의 이유와 맞닿아 있다고도 주장했다.
>
> 그렇게 10년이 지나자, 극단적인 케이스들을 제외하고는 인류의 자존감이 상향 평준화를 이루었다. 누군가를 함부로 비난하는 일은 일어나지 않았고, 아무리 사소하더라도 차별은 끔찍한 범죄로 취급했다. 기회는 공평했고, 등수를 매기는 일은 지양했다. (284~285쪽)

• 먼 미래에서 타임머신을 타고 온 신인류에게 인류는 미래가 어떤 세상인지 묻습니다. 영원히 늙지 않고, 일을 할 필요가 없으며, 이루고 싶은 꿈이 있다면 얼마든지 도전할 수 있다고 말해주는데요. 또한 원하지 않는 이상 죽지도 않고, "죽음의 공포가 존재하지 않"(287쪽)는다는 사실을 알려줍니다. 그러자 "전 세계 곳곳에서 다시금 바람에 날리는 사람들이 나타나기 시작"(288쪽)하는데요. 여러분은 이 장면을 어떻게 보셨나요?

그들의 말을 들은 인류는 할 말을 잃었다. 인류가 꿈꾸는 유토피아가 먼 미래에 있었다. 먼 미래다. 내 자식의 자식의 자식의 자식의 자식의… 현시대를 살아가는 사람들은 결코 갈 수 없는 아주 먼 미래였다. (187~288쪽)

미래 신인류들이 타임머신과 함께 소멸되었다.

인류는 이내 깨달았다. 방금 유토피아인 미래를 잃어버렸구나. 인류로서는 자존감이 더 떨어지는 일이었다.

인류는 차라리 질문하지 말 걸 그랬다고 후회했다. 많은 것을 안다고 해서 항상 좋은 것만은 아니었는데. (288쪽)

【정선 카지노로 향하는 길에】

• 주인공 최무정은 카지노에서 잃은 3천만 원을 되찾기 위해 대출까지 받아 마련한 돈 5천만 원을 들고 집을 나섰다가 교통사고를 당합니다. 최무정이 힘겹게 정신을 차렸을 때 그는 의자에 묶여 있고 주위는 어두워서 아무것도 보이지 않았습니다. 그때 어둠 속에서 새하얀 스크린이 떠오르고 목소리가 들립니다. "이곳은 돈을 내고 리액션을 즐기는 곳입니다."(294쪽)라고 설명하는데요. 화면에 나오는 아이가 원하는 것을 들어주고 그 아이가 기뻐하는 리액션을 보는 것입니다. 준비물 값 500원부터 시작해 떡볶이 천 원, 메이커 신발 5만 원 등 점차 액수가 커지고, 급기야 아이가 사고를 당하자 2, 3천만 원을 내라고 합니다. 최무정이 거절하자, 남자는 그동안 들어간 돈이 아깝지 않냐며 "아이가 죽어버리면 그 모든 돈이 허공으로 사라지는데, 아깝지 않으십니까?"(306쪽)라고 묻는데요. 여러분은 이 질문을 어떻게 보셨나요?

[아깝지 않으십니까?]

목소리가 물었다. 아이의 목숨이 아깝지 않냐는 질문인가? 당연히 아깝다. 아이가 죽어가는 게 슬프고 안타까웠다. 하지만 그가 묻는 건 다른 것이었다.

[그동안 들어간 돈이 아깝지 않냐는 말입니다. 신발값이며, 학원비며, 할머니 치료비며, 아이에게 많은 돈이 들었지 않습니까? 아이가 죽어버

리면 그 모든 돈이 허공으로 사라지는데, 아깝지 않으십니까?]

"무, 무슨…"

[도박과 같습니다. 그동안 잃은 돈을 생각하면 여기서 멈출 수는 없는 거죠. 그렇지 않습니까?] (306쪽)

【마지막 유언】

• 김남우는 노숙자에 불과했던 자신을 세계적인 가수로 만들어주는 대가로 사내와 계약을 합니다. 사내는 그 대가로 "죽기 전에 유언 하나만 내가 원하는 대로 남겨달라고"(315쪽) 하는데요. 그 유언은 "세상에서 가장 맛있는 콜라! 지금 당장 마트로 달려가 사 드세요!"(316쪽)입니다. 사내와의 계약을 지키지 않은 김남우는 마지막 유언을 남기고 죽었다가 다시 깨어나기를 수차례 반복합니다. 김남우는 "전 세계인의 존경을 받는 자신의 마지막 유언이 콜라 광고라는 걸 받아들일 수가 없"(324쪽)다고 합니다. 사람들이 자신을 우습게 볼까봐 걱정하는 것인데요. 여러분은 죽기 전에 멋진 유언을 남기고 싶어 하는 김남우를 어떻게 보셨나요?

"으아! 도저히 안 되겠습니다! 이건 정말 유언으로 남길 만한 말이 아니란 말입니다!"

"어휴, 저거 정말…"

"세상에 멋진 유언들이 얼마나 많은데! 루이 14세! 윈스턴 처칠! 이순신! 카를 마르크스! 그런데 난! 내 유언은 마트에 가서 콜라를 사라는 거라니… 사람들이 나를 얼마나 우습게 보겠습니까?" (327쪽)

• 김남우가 계속해서 계약을 지키지 않자 사내는 한숨을 내쉬며 도대체 유언이 뭐라고 생각하냐고 묻습니다. 김남우가 "죽기 전에 마지막으로 세상에 남기는 소감"(328쪽)이라고 답하자, 사내는 유언이란 "네가 가지고 태어난 총의 마지막 총알"(329쪽)이라고 말하는데요. 마지막 총알은 남들한테 쏘는 게 아니라 "내가 그동안 어떻게 살았나 확인하는 용도로 자신한테 쏘는 거"(329쪽)라고 합니다. 여러분의 사내의 말을 어떻게 보셨나요?

"인간들은 말이란 게 영원히 있을 줄 알고 쉽게들 내뱉는단 말이야? 말이 소모품이라고는 단 한 번도 생각하지 않지. 유언은 말이야, 네가 가지고 태어난 총의 마지막 총알이야."

"!"

"그 총알로 넌 뭘 할래? 똥폼이나 잡을래? 사람들한테 이렇게 살아라, 삶이란 이런 것이다, 잔소리나 할래?"

김남우의 눈동자가 흔들렸다. 사내는 씩 웃으며 고개를 끄덕였다.

"마지막 총알은 남들한테 쏘는 게 아니야. 내가 그동안 어떻게 살았나 확인하는 용도로 자신한테 쏘는 거야. 김남우. 너는 어떻게 할래?" (329쪽)

• 사내와의 대화 끝에 김남우는 "난 도대체 평생 뭘 한 거지?"(330쪽)라며 자신의 인생을 돌아봅니다. 지난날을 되짚어보던 김남우는 "내 꿈에 내가 없구나."(331쪽)라며 눈물을 흘리는데요. 이어 사람들에게 "살면서 정말로 하고 싶은 것이 있다면, 그건 본인이 해야 합니다."(332쪽)라는 말을 남깁니다. 김남우는 "아! 이걸 왜 이제야 알았을까…"(332쪽)라고 말하며 눈을 감는데요. 여러분은 이 장면을 어떻게 보셨나요?

"내 음악은 내 것이 아닙니다."

사람들이 놀라거나 말거나, 김남우는 이어 말했다.

"나는 여러분의 존경을 받을 만큼 대단한 사람이 아닙니다. 내가 세상에 남긴 것은 아무것도 없다고 생각하면 됩니다."

"선생님?"

"여러분. 살면서 정말로 하고 싶은 것이 있다면, 그건 본인이 해야 합니다. 내가 해야만 해요. 남이 해주면 재미가 없습니다."

"…"

"아! 이걸 왜 이제야 알았을까…" (332쪽)

논제를 활용한
비경쟁 독서토론

비경쟁 독서토론의 즐거움

_권선영

"책을 읽어도 남는 게 별로 없는데 어떻게 해야 할까?"

한 지인이 울적해하며 고민을 털어놓았다. 늘 가방에 책 한두 권씩 넣고 다니던 그였기에, 지나가는 말처럼 들리지 않았다. 좀 더 자세히 물으니, 어떤 책을 읽어도 '좋았다' 혹은 '별로였다'라는 막연한 느낌만 들 뿐 생각을 정리하는 것이 어렵다고 했다. 누구나 한 번쯤 그런 고민을 해보지 않았을까? '독서법' 관련 책이 매년 나오고, 사람들에게 꾸준히 읽히는 것도 다 그럴 만한 이유가 있어서일 터다. 하지만 독서가들만의 고민은 아니다. 영화, 공연, 여행… 직접 보고 듣고 경험한 것을 정리하고 싶은데 생각처럼 잘 되지 않는다는 사람들이 많다. 혹시 여러분도 그렇다면 스스로에게 물어보자. 책을 읽은 후에, 영화를 본 후에, 여행을 다녀온 후에 생각을 정리하는 시간을 충분히 가졌는지.

생각을 정리하는 나만의 시간이 필요하다

친구와 영화를 보러 갔다고 상상해보자. 관객수 천만을 찍으며 연일 기록을 갱신하고 있는 액션 블록버스터 영화를 선택했다. 결말을 예상하기 어려운 흥미진진한 스토리, 박진감 넘치는 액션, 잘생긴 배우들의 열연과 적재적소 유머까지. 이렇게 몰입해서 영화를 보는 것도 오랜만이라 상영관을 나오면서 돈이 아깝지 않다는 생각을 한다. "영화 어땠어?"라는 친구의 물음에 "정말 재미있었다"는 대답을 한다. 특별히 기억나는 장면을 이야기 하다 보면 어느새 식당 앞. 그렇게 영화 이야기는 끝이 난다. 나중에 돌이켜보면 남는 건 주인공 배우와 희미한 줄거리, 재미있었다는 단순한 느낌뿐. 그마저도 좀 더 시간이 지나면 휘발되고 만다.

독서도 그렇다. 읽고 나서 내 생각을 충분히 정리할 시간을 갖지 않는다면 책을 읽으면서 기억해뒀던 단상, 감정은 금세 잊어버리게 된다. 내 생각을 탄탄하게 다져줄 소재들이 사라지니 책에 대해서도 딱히 할 말이 없는 것이다. 가슴에 사직서를 늘 품고 다니는 직장인이 할 말이 많은 건 그만큼 고민을 많이 했다는 의미이기도 하다. 책을 읽어도 남는 게 없다거나 자기 생각을 말하기 어렵다면, 내용이 휘발되기 전에 생각을 정리할 자기만의 방법을 찾아보는 것은 어떨까. 흩어져 있는 단상들을 SNS나 블로그에 기록하거나 책 속 문장을 옮겨 적는 것도 좋다. 책과 관련된 서평이나 미디어 자료를 찾아 읽는다면 생각에 깊이를 더할 수 있다. 단 10분이라도 다른 것은 잠시 내려놓고 책과 나를 연결해보자.

비경쟁 독서토론, '생각하는 연습'의 시작

혼자서는 정리가 도무지 되지 않거나 좀 더 생각을 확장하고 싶은 사람에게는 '비경쟁 독서토론'을 추천한다. 비경쟁 독서토론은 말 그대로 상대와 경쟁하지 않고 자유롭게 자기 의견을 표현하는 자리이다. 토론에 익숙하지 않아도 부담 느낄 필요 없다. 정답과 결론을 도출하지 않기 때문에 각자 자기 입장에서 읽은 소감을 나누면 된다. 남을 이길 필요도 없고 눈치 볼 이유도 없다. 그저 토론에서 주어지는 여러 생각 지점들을 고민하면 된다. 다른 사람과 내 생각을 비교해보고 어떤 부분이 다른지도 들여다보고, 그것을 바탕으로 내 생각을 정리하고 확장해나가는 것을 목표로 한다. '책을 읽어도 남는 게 없다'는 말은 책을 못 읽는다는 뜻이 아니다. 책을 읽고 내가 '무엇을' 생각해야 하고 '어떻게' 생각해야 하는지를 모르는 것이다. 토론 후기를 들어보면 많은 사람들이 '책을 새로 읽은 기분이다', '처음엔 막연했는데 하다 보니 생각이 조금씩 정리되었다'라고 말한다. 이처럼 비경쟁 독서토론을 하다 보면 자연스럽게 '생각하는 연습'을 하게 된다.

비경쟁 독서토론, 책으로 서로를 확인하는 자리

한 기업의 임원 요청으로 사원에서 차장급 직원들을 대상으로 독서토론을 진행한 적이 있다. 10여 명 정도가 모였는데, 연령도 20대에서 40대까지 다양했다. 퇴근 후 하는 모임인 데다 다들 억지로 끌려온 터라 대부분 부루퉁한 표정으로 앉아 있었다. 최인철의 『프레임』을 읽고 토론하기로 했다. 각자 읽은 소감을 나누자고 했더니 기다렸다는 듯이 직원들의 불평불만이 터져 나왔다. 바빠 죽겠는데 책까지 읽어야 하느냐는 항의에서부터 제의가 또 들어오면 거절해달라는 부탁까지. 어떤 책을 읽고 토론하는지 그 자리에서 처음 들은 직원도 여럿 있었다.

하지만 직원들의 태도는 시간이 지날수록 조금씩 진지해져갔다. 막내 사원이 자신의 고정관념과 내향성에 대해 이야기를 먼저 꺼내자, 그때까지 불평만 하던 상사들이 귀를 기울이기 시작했다. 평소 말수가 적고 일만 하던 사람이 자기 속내를 꺼내리라고는 다들 예상하지 못한 듯했다. 바로 위 사수가 막내 사원에게 따뜻한 조언을 하면서부터 직원들이 토론에 임하는 자세가 달라졌다. 다소 장난스러웠지만 직원들의 눈과 귀는 서로를 향해 있었다. 동료의 의견을 듣고 자기 생각을 덧붙이거나 회사에서는 하지 않을 사적인 경험을 공유하기도 했다. 책을 안 읽은 차장도, 이 자리에 오기 싫었던 대리도 토론에 참여하며 자기 목소리를 더했다. 수십 번의 끄덕거림, 아낌없이 나오는 값진 조언, 내려놓고 자기를 표현하는 용기가 그 시간을 더욱 풍성하게 했다.

토론 후 직원들의 반응은 토론 전과 많이 달랐다. '토론 하고 나니 책이 읽고 싶어졌다', '기대했던 것보다 재미있었다', '평소 생각해보지 않은 것들을 생각해보게 됐다' 등 긍정적인 소감이 이어졌다. '그간 일만 하느라 서로에 대해 잘 몰랐는데, 토론하면서 좀 더 동료를 이해할 수 있게 되었다'라는 5년차 대리의 소감은 사람들의 공감을 이끌어냈다. 회사에서는 일, 잡담, 뒷담화만 하느라 허탈할 때가 많았다면서, 우리끼리도 이렇게 '건강한' 이야기를 할 수 있다는 것을 깨달았다고 덧붙였다. 짧은 시간이지만 서로를 더 알게 되었으니 업무할 때도 많은 도움이 될 것 같다고도 했다. 기업 독서토론에 나가면 비슷한 소감을 종종 듣는다. 그럴 때마다 우리 주변에는 내 생각을 말하고 들어주는 공간이 그다지 많지 않다는 것을 새삼 확인한다. 하지만 경청해주고 이해해주는 사람은 어쩌면 바로 내 옆에 있을지도 모른다. 다만 방법을 몰라 멀리서 찾기만 하다가 포기해버리는 건 아닐까.

비경쟁 독서토론, 재미있게 할 수 있는 방법은 없을까?

"장르소설로도 독서토론이 가능하군요!"

히가시노 게이고의 소설 『용의자 X의 헌신』 독서토론에 참석한 주부가 들려준 소감이다. 독서토론 경험이 많은 동아리 회원이었는데, 동아리에서 고전문학, 철학 등 작품성을 인정받거나 읽기 어려운 책만 토론해왔다고 한다. 장르소설을 젊은 사람들이 가볍게 읽는 책이라고 여겼던 그는 독서토론하면서 그 편견을 깨뜨리게 되었다고 말했다. 스토리를 따라가느라 독자가 미처 보지 못한 지점들을 생각해보게 하는 논제 덕분이었다. 토론자들은 논제를 통해 이야기에 숨어 있는 인간의 어두운 내면에 대해 이야기 나누고 소설 속 인물을 자유롭게 해석했다.

많은 독서 초보자들이 독서토론을 해보기 전부터 부담스러워 한다. 토론 문화에 익숙하지 않은 탓도 있지만, 가장 큰 이유는 토론 도서에 대한 압박 때문이다. 독서토론은 왠지 어려운 책, 남들은 잘 안 읽는 책으로만 할 것이라는 고정관념이 발동한 것일까? 물론 토론하기 좋은 책을 선별할 수는 있지만, 그렇다고 절대적인 기준이 있는 것은 아니다. 같은 책을 읽더라도 누가 읽느냐에 따라 다르게 읽히는 것처럼, 독서토론도 어떤 논제를 가지고 토론하느냐에 따라 분위기가 달라진다. 그러니 덜컥 겁부터 내지 말자. 내가 좋아하는 책, 누구나 쉽고 재미있게 읽을 수 있는 책부터 토론해보자. 독서토론은 즐거워야 한다. 책을 읽고 의견을 나누고 스스로 생각을 정리하는 이 과정이 즐거우려면 기본적으로 책을 읽는 데 부담이 없어야 하고 책에 대해 편안하게 말할 수 있어야 한다.

김동식의 소설집 시리즈는 독서 초보자들, 독서토론 경험이 없는 사람들이 책을 가까이하고 편안하게 토론할 수 있는 책이다. 이 소설집을 그냥 읽기만 한다면, 잘 읽히고 독자의 뒤통수를 때리는 반전이 가득한 소설, 거기에 각자의 취향이 반영된 호불호를 드러내는 데 그치고 말 것이다. 하지만 이 책에 실린 논제 중심으로 이야기를 나누다 보면 인간의 이중성, 사회의 부조리, 욕망과 도덕성의 경계, 존엄의 가치 등 많은 메시지를 읽어낼 수 있다. 또한 지금 김동식의 소설이 조명받는 이유를 함께 나누다 보면 젊은 세대의 트렌드, 글쓰기 등 소설 그 이상의 담론으로도 확장해나갈 수 있다.

지금까지 책을 혼자 읽었다면, 이제 막 책을 읽기 시작했다면 또는 책을 읽어도 정리가 잘 안 된다면 가까운 곳에서 책 친구들을 찾아보자. 각자 책을 읽고 이야기 주제 하나씩만 준비해와도 토론할 수 있다. 웹툰, 로맨스, 판타지… 장르에 구애받지 말고 내가 좋아하는 책으로 시작해보자. 책 읽기는 즐거워야 한다. 내가 즐거워야 책도 꾸준히 읽을 수 있다.

독서토론의 씨앗, 논제

_ 류경희

조금 일찍 도착한 강의실에는 독서토론을 할 준비가 되어 있었다. 도서관 담당자가 토론을 할 수 있는 배치며 토론에 참여하는 동아리 회원들의 이름표, 미리 보냈던 논제까지 준비를 해두었다. 잠시 후 독서동아리 회원들이 한두 명씩 들어왔다.

"아이쿠, 선생님께서 먼저 와 계시네요. 저희가 먼저 와서 선생님을 맞았어야 했는데."독서동아리 회원이 건네는 인사말로 첫 만남의 긴장이 풀어졌다. 느티나무 독서동아리는 생긴 지 10년차라고 했다. 이들은 책이 좋아 살림을 조금 뒤로 미루고 함께 읽고 이야기 나누는 주부독서동아리였다. 회원들은 원 멤버를 중심으로 3~4명이 지속적으로 들어오고 나가기를 반복하는 모양이었다. 그런데 10년의 세월을 되돌아보면 책모임을 제대로 하고 있었는지 의문이라고 했다.

책상 위에 있는 논제를 보고 한 회원은 10년 동안 한 번도 논제가 있는 토론을 해보지 않았다고 했다. 그래서였을까. 이들은 A책을 읽어도, B라는 책을 읽어도 하나같이 결론은 모두 똑같았다고 했다. 독서모임을 하고 돌아갈 때 쯤이면 매번 다른 책을 읽고 이야기를 나누었는데도 결론은 기-승-전-아이, 기-승-전-시월드, 기-승-전-신세한탄이었단다. 비문학을 읽고 이야기를 나누고 문학을 읽고 토론을 해도 어떻게 똑같은 결론이 나올 수 있는지. 책모임에서 많은 말을 쏟아냈다고 생각했는데 끝나고 돌아설 때는 채워지기보다는 허전함이 더 강하게 밀려왔었다고 한다. 왜일까. 이들이 책 속으로 깊이 들어갈 수 없었던 이유는 무엇이었을까. 책의 단편적인 사실만 이야기하고 이것을 퍼트릴 수 있는 씨앗, 논제가 없었기 때문이다.

독서토론에서 논제는 '씨앗'이다. 씨앗은 무언가의 근원이라고 할 수 있다. 독서토론을 제대로 할 수 있게 하는 시작, 물줄기가 되는 것이 논제라는 씨앗이다. 생각을 확장시키고 책을 깊게 들여다볼 수 있는 씨앗의 역할, 그것이 논제다. 논제는 토론할 때 의견을 나눌거리를 말한다. 숭례문학당에서 펴낸 『이젠, 함께 읽기다』에 따르면 "논제는 악보와 같다. 악보가 준비되지 않으면 훌륭한 지휘자와 연주자로 구성된 오케스트라라 할지라도 좋은 음악을 연주할 수 없는 이치와 같다. 논제의 질에 따라 독서토론의 수준이 달라진다."라고 했다. 이렇듯 제대로 된 독서토론은 논제에서 시작한다고 해도 과언이 아니다.

논제의 종류

논제는 토론의 의도와 목적, 주제가 드러나도록 토론거리를 잘 다듬은 문장이라 할 수 있다. 따라서 책의 핵심 내용을 담으면서 갈등과 대립 지점인 쟁점을 제시해야 한다. 일반적으로 논제는 세 가지로 분류된다. 사실 판단에 근거한 사실논제, 비교와 대조를 통해 가치를 확인하는 가치논제, 문제점 해결, 현상 타파 등 행동의 변화와 실천 방안을 다루는 정책논제로 나눈다. 사실논제는 사실에 대한 판단을 다루기에 토론에서 잘 다루어지지는 않는다. 책의 사실 확인에 머물기 때문에 확장 토론이 되기 어렵다는 이유에서다. 단독논제로 사용되기보다는 정책논제와 가치논제의 근거로 제시되는 경우가 더 많다. 독서토론에서 논제는 사실논제처럼 보이는 경우가 많지만 어떤 가치를 중심에 두고 세상을 바라보냐에 따라 사실은 다르게 해석될 수도 있다. 이처럼 사실논제, 가치논제, 정책논제는 명확하게 독립적이지 않는 경우가 많다. 따라서 논제의 유형을 분류하는 것보다 논제로 인해 책읽기가 어떻게 확장되고 변화가 일어나는지 논제의 역할을 아는 것이 더 중요하다고 할 수 있다.

좋은 논제

논제는 좋은 질문이어야 한다. 무조건 물음표를 던진다고 해서 좋은 게 아니다. 독서토론에서 논제는 책과의 관련성이 얼마나 되는지, 핵심 주제와 연관성은 있는지를 살펴야 한다. 관련성이 높을 때 깊이 있는 독서토론이 되기 때문이다. 또 논제를 발제할 때는 발췌문을 넣어 구성하는 게 좋다. 논제 발제문과 발췌문이 서로 상이한 지점을 이야기해서는 안 된다. 발췌와 질문은 밀도가 높아야 한다. 그래야 책을 읽지 않고 온 회원도 독서토론에 적극적으로 참여할 수 있고, 독서토론을 처음하는 초보 회원들의 참여도도 높아질 수 있다.

논제를 만들 때에는 이 책에서나 저 책에서 나올 수 있는 뻔한 질문은 피한다. 가급적이면 창의적인 논제로, 새로운 관점에서 새롭고 흥미로운 질문거리를 던져야 한다. 선택논제에서는 구체적으로 입증할 수 있는 근거가 많이 나올 수 있는 질문을 던져야 한다. 또한 대립축이 분명해, 논쟁 지점이 명확하고, 의견 차이나 갈등이 존재하는 논제여야 한다. 이런 논제들로 구성될 때 비판적 읽기가 가능하고 깊이 있는 읽기가 된다.

논제 없는 토론

도서관에서 자율적으로 운영되는 수많은 독서동아리가 느티나무독서동아리처럼 논제 없이 진행된다. 논제가 없는 토론모임은 책을 매개로 한 친목모임에 가깝다. 그렇다보니 모임은 독서모임을 처음 하는 이들로 진입장벽이 낮고, 책을 이제 읽어보려고 하는 회원들로 구성되는 경우가 많다. 이런 모임은 편안함과 허전함이 공존한다. 논제를 발제하지 않기 때문에 책을 읽으면서 깊이 고민하고 생각하지 않아도 된다. 하지만 시간이 갈수록 회원들은 어떤 갈증을 느낀다.

단순한 감상 나누기에 그치는 독서동아리는 책을 근거로 어떤 이야기를 해야 할지 막막하다. 이런 막막함은 자연스레 책과 연관 없는 수다나 신세 한탄 등 사담으로 흐르기 일쑤다. 전형적인 수다형 토론이다. 수다형 토론은 이야기를 할 때는 모른다. 오히려 쌓였던 스트레스가 뻥 뚫리는 것 같기도 하다. 하지만 2시간 동안 책에 대해 이야기를 나누어도 소감, 인상 깊었던 부분 외에 깊이 있는 대화가 되지 않는다. 책 주변에만 머물다, 누군가 경험을 이야기하다 보면 너도 나도 비슷한 경험에 릴레이 수다가 돼 버리곤 한다. 이 모든 것이 논제가 없기 때문이다.

논제 있는 토론

독서토론의 씨앗인 논제가 있는 모임은 어떨까. 먼저 논제가 있다면 2시간(독서토론 시간)이란 제한된 시간을 효과적으로 사용할 수 있다. 논제의 개수에 따라 시간을 배분하고, 더 깊이 나누고 싶은 논제에는 좀 더 시간을 할애하는 등 효과적인 시간 운용은 토론을 활기차게 한다. 또 주제가 있기 때문에, 주관적인 감상이나 지나치게 긴 개인적인 발언 등 수다로 흐를 수 있는 사적 모임에서 벗어날 수 있다. 밀도가 높은 질문을 통해, 책을 읽고 감상만 나누는 모임과는 차별적인 독서토론을 할 수 있다.

논제가 있는 독서토론을 진행한 후 참여자들에게 마무리 소감으로 많이 듣는 말 중 하나가 "제가 놓쳤던 부분을 토론하면서 알게 되었어요." "이 책으로 이렇게 다양하게 이야기 나눌 수 있다는 게 놀라웠어요."라는 평가다. 책을 꼼꼼하게 읽어도 놓치는 부분이 있는데, 논제는 그런 부분을 잡아주는 역할을 하기도 한다. 구체적인 논제가 주어지지 않는다면 텍스트 본래의 의미를 제대로 파악하지 못한다. 그래서 각자의 주장과 의견들을 나열, 반복하다 토론이 끝나는 경우가 허다하다. 논제는 자신의 경험을 이야기하면서도 주제가 책 밖으로 벗어나는 것을 예방해준다. 이는 비판적 책읽기의 근원이 되고, 편견과 고정관념을 깨도록 도와준다.

이렇듯 작품 이해의 첫발을 딛게 하는 것이 논제다. 2018년 초 혜성같이 나타난 김동식 작가. 그의 작품을 두고 한기호 출판평론가는 "격식과 문법이 존재하지 않는다"고 했다. 그렇다보니 세대에 따라 호불호가 강하다. 젊은 세대에게는 높은 공감을 불러일으킬 수 있지만, 사고가 고착화된 기성세대는 '도대체 뭔 소리를 하는 거냐'라는 시큰둥한 반응을 보이기도 한다. 하지만 논제는 작품이 그저 불편하고, 그래서 못마땅한 것에 머무르지 않게 한다. 김동식 작가는 우리 사회의 모순들을 툭툭 던지며 꼬집고 있다. 김동식 소설을 읽고 논제가 있는 독서토론을 한다면 작품을 좀 더 객관적이고 비판적인 시각으로 들여다볼 수 있을 것이다.

논제는 책을 근거로 사실을 묻고, 행동과 태도에 대해 질문하고, 가치를 다루기도 한다. 특히 문학토론은 해석의 차이를 부각하고 권장함으로써, 사고의 심화와 확장을 꾀한다. 좋은 질문은 새로운 사고를 유발하고 상대방의 감정을 이해하고 공감하게 한다. 즉 입체적 책읽기를 유도하고, 또 다른 질문을 생성한다. 하여 모든 독서토론은 논제에서 시작되고, 시작되어야 한다.

논제 발제법과 진행법

_정지선

"함께 읽고, 이야기 나눠요."

SNS에서 독서모임 모객글을 심심치 않게 볼 수 있다. 함께 읽기의 즐거움을 알게 된 독서가들이 온라인에서 책 친구를 찾는다. 혼자 독서를 하던 사람들이 밖으로 나오기 시작했다. 같은 책을 읽고 모였다는 사실 하나만으로도 연결고리는 단단해진다.

독서토론은 논제에 따라 토론의 방향이 결정된다. 논제는 책과 관련된 질문이다. 내용을 잘 이해했는지 확인하는 시험문제가 아니라 책을 통해 생각해볼 수 있는 이야깃거리다. 이야기 주제는 책의 배경이 될 수도, 등장인물의 태도나 행동일 수도 있다. 사회와 연관된 화두가 던져지기도 한다. 유의미한 토론을 위해 실익 있는 질문을 찾아야 한다.

논제는 질문으로만 구성되지는 않는다. 다섯 문장 남짓의 논제문에 서론-본론-결론이 들어가 있어야 한다. 질문의 내용이 중요한 만큼 문장을 잘 직조하느냐가 관건이다. 아무리 좋은 질문이라도 전달이 제대로 되지 않으면 토론 진행이 어렵다. 논제문을 보고 무엇에 대해 이야기해야 하는지 명확하게 알 수 있어야 한다.

김동식 작가의 소설집 『정말 미안하지만, 나는 아무렇지도 않았다』에 실린 단편 「작은 쓰레기가 소용돌이에 휘말렸다」의 논제를 보자.

[논제 예시]

정재준과 홍혜화는 과거 최무정의 '사소한 잘못'으로 인해 각각 여자 친구의 죽음과 유산이라는 아픔을 겪게 됩니다. 두 사람은 "공통점 덕분에 급속도로 가까워질 수 있었"(168쪽)고, 서로의 아픔을 극복하고 앞으로 나아가기로 합니다. 홍혜화는 최무정에게 "용서를 하느냐 복수를 하느냐. 우리의 아픔을 극복하려면 둘 중 하나는 해야 했어."(169쪽)라고 말하는데요. 여러분은 이 말을 어떻게 보셨나요?

위의 논제는 작품 속 주인공 홍혜화가 한 말을 어떻게 봤는지를 묻는 질문이다. 앞 문장에서는 홍혜화가 어떤 말을 했는지를 알려주고, 왜 그런 말을 했는지를 설명하고 있다. 이처럼 논제문만 보고도 내용을 파악할 수 있도록 친절하게 써야 한다. 이렇게 논제문을 구성하기까지 발제자가 가장 먼저 해야 하는 일은 책을 잘 읽는 것이다. 논제를 발제하기 위해 책을 어떻게 읽어야 하는지부터 알아보자.

발제자의 독서법

논제 발제자라면 적어도 책을 두 번 이상은 읽어야 한다. 처음 읽으면서 책을 이해했다면 두 번째 읽을 때는 질문을 찾는다. 속독을 하면 중요한 점을 놓치기 쉽다. 정독하면서 문자 하나하나를 섬세하게 읽어야 한다. 책을 읽으면서 감명 깊은 부분이나 공감되는 부분, 의문이 생기는 부분을 표시하면서 읽는다. 이렇게 표시한 부분은 논제의 중요한 재료가 된다. 책의 핵심을 다루는 논제문을 만들기 위해서는 책에서 말하고자 하는 키워드를 정확히 파악하고, 이를 토대로 살을 붙여 질문을 만든다. 발제자가 책을 제대로 이해하지 못하면 좋은 논제가 나올 수 없다. 책과 거리두기를 하면서 객관적으로 읽을 수 있어야 한다. 감정에 치우친 독서를 경계해야 한다.

키워드 찾기

키워드는 책 속에 있을 수도 있고, 책 밖에 있을 수도 있다. 책에서 강조하는 단어 중에서 찾을 수도 있지만 책을 읽고 난 후 떠오르는 생각이 키워드가 될 수도 있다는 말이다. 키워드는 논제의 핵심 주제다. 책에 선명하게 드러나기도 하지만 사유를 통해 찾아야 할 때도 있다.

책을 다 읽은 후 떠오르는 단어를 나열해보자. '브레인스토밍'하듯이 생각나는 단어는 모조리 적는다. 그 중에서 또 중요하다고 생각되는 단어를 선택해 문장으로 만들어보자. 예를 들어 '극복'이라는 키워드가 떠올랐다면 '아픔을 극복하기 위해서는 용서나 복수 중 하나는 해야 한다.'라는 문장을 만들 수 있다. 이 문장은 질문으로 이어진다.

논제문 만들기

이제 재료 준비가 끝났다. 잘 연결해 논제문을 만들면 된다.

① 논제문은 보통 5문장 이내로 구성한다. 논제문이 너무 짧거나, 너무 길어지게 되면 질문이 제대로 전달되지 않는다. 짧을 경우에는 내용 설명이 부족하게 되고, 긴 경우에는 핵심을 찾는 데 어려움이 생긴다. 논제문을 보고 토론자들이 질문의 핵심을 한눈에 알 수 있어야 한다.

② 논제문은 발제자의 해석을 배제하고 객관적으로 써야 한다. 그러기 위해서는 책 속의 문장을 가져와 인용하는 것이 안전하다. 발제자의 주관적인 느낌이나 생각까지 들어가지 않도록 주의해야 한다.

③ 하나의 논제에 하나의 질문만 들어가도록 주의해야 한다. 여러 개의 질문이 들어가 있으면 논점이 흐려지고, 산발적인 주제로 토론하게 된다. 논제문 하나에 물음표는 하나만 쓰도록 하자.

④ 책에서 말하고자 한 의도를 벗어난 논제를 만들지 않는다. 논제가 있는 토론의 장점은 책을 중심으로 이야기를 나눌 수 있게 한다는 데 있다. 사적인 이야기로 흐를 수 있는 질문을 차단해 독서토론의 본질을 흐리지 않게 한다.

발췌문 가져오기

발췌문은 논제를 돕는 역할을 한다. 논제문은 보통 다섯 문장을 넘지 않기 때문에 그 안에 모든 설명을 다 넣을 수 없다. 발췌로 논제문의 부족한 부분을 보충한다. 발췌문은 반드시 논제문와 유기적으로 연결되어야 한다. 질문에 맞지 않는 발췌문은 오히려 토론자들을 혼란스럽게 한다. 간혹 책을 다 읽지 못하고 토론에 참석하는 토론자들이 있다. 탄탄한 논제가 있다면 그들도 토론에 충분히 참여할 수 있다. 특히 발췌문은 책을 파악하는 데 큰 역할을 하므로 중요하게 다뤄져야 한다.

논제의 구성

2시간 토론을 기준으로 보통 자유논제 4~5개, 선택논제 2~3개로 구성한다. 자유논제는 말 그대로 자유롭게 의견을 나눌 수 있는 질문이다. '어떻게 생각하나요? 어떻게 보셨나요?' 등의 질문을 할 수 있다. 선택논제는 조금 더 비판적인 사고를 할 수 있는 질문으로, 주인공의 말이나 태도에 공감하는지, 또는 여러 개의 선택지를 주고 무엇을 선택할 것인지를 묻는다. 선택논제 역시 경쟁구도로 이야기 나누는 것이 아니라, 책에 대한 자신의 생각을 정리하는 데에 목적이 있다. 토론자들은 다른 이들의 발언을 듣고 얼마든지 생각을 바꿀 수도 있다. 생각을 조금 더 명확하게 정리할 수 있는 논제라고 보면 된다.

김동식 작가의 작품은 세계관이 넓다. 우주를 벗어나기도 하고, 사후세계까지 자유자재로 넘나든다. SF적 요소가 흥미를 유발해, 자칫 놓칠 수 있지만 자세히 보면 그 안에서 다루고 있는 문제의식이 명확하다. 이 부분을 찾아서 논제로 만들어야 한다. 작가가 말하고 있는 부분을 다른 사람들은 어떻게 생각하고 있는지 이야기할 수 있도록 판을 깔아줘야 한다. 작가는 인간의 내면을 들여다보는 시도를 줄곧 하고 있는데 표면적으로 보이는 스토리 위주의 논제를 만들면 실익 있는 토론이 어렵다. 논제의 역할을 잊지 말자.

토론 진행법

독서토론에서 진행자의 역할이 중요하다. 책의 내용과 상관없는 이야기로 흐르는 것을 막고, 최대한 논제 안에서 토론할 수 있도록 잘 이끌어야 한다. 논제를 아무리 잘 만들었어도 진행자가 역할을 제대로 못하면 토론이 산만해진다. 토론 현장에서는 토론자에 따라 토론 분위기가 많이 좌우된다. 그렇기 때문에 아무리 진행법에 맞춰 진행한다 해도 환경이 따라주지 않을 때가 있다. 현장 분위기를 보고 순발력 있게 대처하는 것도 진행자의 몫이다. 진행의 기본기를 잘 숙지해 놓는다면 응용하기 수월해진다.

• 토론의 시작

토론의 첫인상이 결정되는 시간이다. 진행자와 토론자들이 돌아가면서 인사를 나눈다. 모임에 참여하게 된 계기나 감명 깊게 읽은 책을 소개하는 등의 스몰토크를 한다. 토론자들의 이름표를 미리 준비해 두고, '~님'으로 호칭하는 것이 좋다. 인사를 나눈 뒤에 진행자는 독서토론이 어떻게 진행되는지 순서를 설명하고, 토론자들에게 규칙을 알려준다. 그런 다음 브리핑을 통해 책이나 작가에 대한 정보를 간략하게 소개해준다.

• 자유논제 진행

자유논제의 시작은 책에 대한 별점과 소감을 묻는 질문이다. 전원이 참여하는 시간으로 5점 만점 중 몇 점을 줄 것인지를 결정해서 발표한다. 처음에는 돌아가면서 별점만 우선 이야기하고, 최고점과 최저점을 준 이들의 소감을 먼저 들은 다음, 나머지 토론자의 소감을 순서

대로 듣는다. 별점과 소감을 함께 들을 경우에는 앞에 말하는 사람의 의견에 영향을 많이 받을 수 있기 때문에 별점부터 다 들은 다음 소감을 듣는 것이 좋다.

자유논제는 자유롭게 토론자들의 생각을 발언하는 시간이다. 손을 들어 발언 의사를 표시한 토론자들의 의견을 듣는다. 이때 한 사람이 너무 오래 이야기하지 않도록 하고, 발언이 잘 나오지 않을 경우에는 질문을 더 구체적으로 설명해서 생각할 수 있게 도와준다. 하지만 억지로 발표를 시키는 건 좋지 않다. 논제에 대해 의견이 없는 토론자들의 침묵할 수 있는 권리도 지켜줘야 한다.

• 선택논제 진행

선택논제의 경우 토론자들이 모두 한 가지의 선택을 해야 한다. 공감과 공감하기 어려운 경우를 잘 설명한 다음 충분히 생각할 시간을 주고, 동시에 손을 들어 의견을 표시하게 한다. 토론자들이 한쪽 의견으로 쏠리지 않게 하기 위해서 동시에 손을 들게 하는 것이 좋다. 양쪽 의견이 몇 대 몇으로 나뉘었는지 토론자들에게 알린 후, 거수가 더 많은 쪽의 의견을 먼저 듣는다. 이때 한쪽의 의견을 다 듣지 말고 2명의 의견을 먼저 들은 다음 반대쪽 의견을 듣는다. 한 쪽의 의견을 계속 듣다 보면 반대 의견을 가지고 있는 토론자들이 위축될 수도 있고, 설득당할 수도 있기 때문에 적절히 돌아가면서 발언 기회를 주는 것이 좋다.

• 마무리하기

준비해온 논제에 대해 토론이 끝났다면 토론 소감을 듣고 마무리한다. 토론 중 미처 하지 못한 말이 있다면 이 시간에 발언할 수 있도록 기회를 준다. 독서토론을 하는 이유 중 하나는 책을 읽으며 들었던 생각과 느낌을 해소하는 것이다. 답답한 마음이 남지 않게 충분히 말할 수 있는 시간을 준다. 진행자는 다음 토론 도서가 있다면 간단하게 소개한 다음 인사하고 마무리한다.

토론 3요소(진행자, 논제, 토론자)의 균형이 맞으면 토론의 질이 높아진다. 발언을 잘 하는 토론자를 만나는 건 우리의 능력 밖이므로 진행과 논제에 집중하자. 토론 진행에 정도正道는 없다. 경험을 쌓으면서 효율적인 방법을 찾아가면 된다. 논제 발제법과 진행의 기본을 기억하자. 기본에 충실하다면 언제 어디서든 독서토론을 할 수 있다.

김동식 소설집으로 토론하기

2018년 11월 10일 1판 1쇄 발행
2024년 12월 20일 1판 5쇄 발행

엮은이 숭례문학당
펴낸이 한기호
펴낸곳 요다
출판등록 2017년 9월 5일 제2017-000238호
주소 121-839 서울시 마포구 서교동 484-1 삼성빌딩 A동 2층
전화 02-336-5675 팩스 02-337-5347
이메일 kpm@kpm21.co.kr

ISBN 979-11-89099-07-7 03800

· 요다는 한국출판마케팅연구소의 임프린트입니다.
· 책값은 뒤표지에 있습니다.